www.tredition.de

AF185066

Inga Anderson

Gehen wir zu dir oder zu mir...?

Illusionen

www.tredition.de

Impressum

© 2019 Inga Anderson

Verlag und Druck: tredition GmbH, Halenreie 40-44,
22359 Hamburg

ISBN
Paperback: 978-3-7497-7451-7
e-Book: 978-3-7497-7452-4

Band I, Auflage Nr. 1: Noel Verlag - **beendet**
und steht nicht mehr zur Verfügung!

Band I
aktuelle Auflage Nr. 2:
tredition-Verlag

Cover:

Jan Hofmann

Für meine Tochter!

Alle Stärke liegt innen,
nicht außen.

Jean Paul

Band 1: Illusionen

Inga Anderson

Spritzige Kurzgeschichten...

Diese teilweise autobiografischen Berichte und Aufzeichnungen von Freunden und Bekannten, sind eingebettet in humorvollen Anekdoten, die den realen Ernst der Vorkommnisse nicht vergessen lassen. Die Storys über das Leben, die Liebe und den Katzenjammer danach, ziehen an uns in eindrucksvollen Schilderungen vorbei.

Die unterschiedlichen Episoden rufen sicherlich bei dem einen oder anderen Erinnerungen durch eigene Erfahrungen und Erlebnisse hervor.

Denn bekanntlich schreibt das Leben
die schönsten Geschichten!

Den Erzählungen liegen wahre
Begebenheiten zugrunde.

Um die Persönlichkeitsrechte der Personen zu schützen,
wurden Änderungen im Namen und Orten,
sowie an den Begebenheiten vorgenommen.

Etwaige Namensgleichheiten sind rein zufällig!

Da es sehr förderlich für
die Gesundheit ist,
habe ich beschlossen,
glücklich zu sein.

Voltaire

„Gehen wir zu dir oder zu mir…?"

Wir kennen diesen Satz sicherlich aus eigenen Erfahrungen und haben Situationen, so oder ähnlich selbst schon erlebt. Nicht selten begann damit die Hoffnung auf die ganz große Liebe. Aber meistens ließen die Enttäuschungen nicht lange auf sich warten.

Inga Anderson veranschaulicht in ihren amüsanten Erzählungen die Höhen und Tiefen der Liebe und des Lebens und, dass die bekannte Frage nach einem gemeinsamen Abend zwischen zwei ach so entflammten Herzen „Gehen wir zu dir oder zu mir…?" kein Klischee ist.

Die Autorin schildert die verschiedenen Charaktere ihrer Hauptakteure menschlich, lustig und spritzig, gewürzt mit einer Prise Herz und Schmerz, wie diese nun mal zum Leben dazu gehören.

Beim Schreiben der Geschichten durchlebt Inga mit ihren Protagonisten Freud und Leid des Lebens und ein enger geistiger Austausch entsteht. Daher gelingt es ihr, jede Story glaubhaft und authentisch zu schildern. Bei der Gestaltung ihrer Geschichten sieht Frau Anderson die entsprechenden Personen vor sich und sie leben mit und in ihr.

In dem ersten Band der Serie „Gehen wir zu dir oder zu mir…?" „Illusionen" beschreibt Inga Anderson die

Achterbahn der Gefühle von Verliebten. Zuerst empfinden sie Euphorie und das große Glück und leider folgen so oft Tränen und Enttäuschungen. Inga beschreibt, wie schnell sich Endorphine in Trostlosigkeit und Seelenschmerz verwandeln können und wie sich Frauen durch Leidenswege zu starken Persönlichkeiten entwickeln.

Allen Episoden dieses Buches liegen wahre Vorkommnisse zugrunde. Um die Rechte der jeweiligen Personen zu schützen, wurden Änderungen von Namen und Orten vorgenommen. Reale zufällige Namensgleichheiten haben nichts mit den Personen dieses Buches gemeinsam.

Achtung,
diese kurzweiligen Erzählungen
haben Suchtcharakter!

Genieße den Tag und sorge dich nicht
um das was kommen könnte,
sonst zahlst du im Voraus
Zinsen für Schulden, die du vielleicht
niemals machen wirst.

Zitat unbekannter Herkunft

INHALTSVERZEICHNIS

„Gehen wir zu dir oder zu mir…?"

Band 1: Illusionen

So ist es auf Erden:

Jede Seele wird nicht nur geprüft,

sie wird auch getröstet.

Fjodor Dostojewski

Blaue Augen

Liebe Leserinnen und Leser, als ich in meinem Freundeskreis erzählte, dass ich damit liebäugele, eine Buchserie mit Kurzgeschichten unter dem Motto: **„Gehen wir zu dir oder zu mir…?"** ins Leben zu rufen, erlebte ich eine überaus positive Resonanz. Spontan bekam ich sehr viele lustige, aber auch tiefgründige Beiträge zu diesem Thema zur Verfügung gestellt, die ich nun in meinem 1. Band „Illusionen" meinen Leserinnen und Lesern präsentieren darf.

Durch die vielen Berichten, die ich zu diesem Thema erzählt bekam, stellte ich schnell fest, dass jeder von uns zu dieser Thematik der vermeintlichen ganz großen Liebe und der brennenden Leidenschaft schon explizite Erlebnisse zu verdauen hatte, die mehr oder weniger amüsant verliefen.

Zum Start meiner Erzählungen wählte ich die nachstehende Geschichte. Der Inhalt beruht auf einer wahren Begebenheit und zeigt, dass „Blaue Augen" nicht immer so apart sind, wie sie auf den ersten Blick den Anschein erwecken.

Wir kennen das alle, liebe Leserinnen und Leser, wenn man jung ist, möchte man leben und erleben. Allzu schnell erscheint der Alltag fade und eintönig. Die Folge davon ist, dass man versucht aus dem Trott auszubrechen. Jeder handhabt es auf eine andere Art und Weise. Bei der jungen Frau aus meiner ersten Erzählung war es die unstillbare Gier nach Leben, Leidenschaft und Sex. Es entwickelte sich mit der Zeit bei ihr die fixe Idee, dass man der Zwangsjacke einer Ehe nur durch prickelnde Erlebnisse mit anderen Männern entfliehen konnte. Für sie war es eine Selbstbestätigung, ja ein Rausch, ständig neue amouröse Bekanntschaften zu machen, um dadurch das Gefühl zu erleben, Chancen beim anderen Geschlecht zu haben. Für sie fühlte sich das alles gut und richtig an. Sie wollte das Leben in allen Facetten spüren. Alle eintönigen Pflichten, wie Alltag und Haushalt, waren für sie Horror. Zum Glück hatte sie keine Kinder, denn die armen Würmchen hätten sicherlich die kulinarische Folter ihrer Kochkünste nicht überlebt.

Sandy kam ursprünglich aus einer kleinen, miefigen Kleinstadt und war irgendwann in das pulsierende München geflüchtet. Dort war es für sie einfacher ungestört und vor allen Dingen unbeobachtet ihrer Lebensphilosophie frönen zu können. Die Stadt war groß, anonym und voller potenzieller Liebhaber.

Es war mal wieder an der Zeit. Sie wollte knisterndes Feuer und Abwechslung spüren, um dem tristen Alltag zu entfliehen. Eine neue prickelnde Affäre war das Objekt ihrer Begierde und so suchte und fand sie in einem Internet-Portal ihr passendes Pondon. Er hieß Oliver und war genau das, was sie für einen ausschweifenden Abend suchte. Er redete nicht lange um den heißen Brei herum und sagte ihr klipp und klar, was er von diesem Treffen erwartete. Beide gefielen sich. Anhand der ausgetauschten Fotos fand Sandy den Typen total scharf. Er war genau ihre Kragenweite. Da beide nicht mehr so sehr jung waren, wussten sie genau, was sie wollten und von diesem Date erwarteten. Sie hatten über das Internet schon tagelang Kontakt und jeder ließ unverblümt durchblicken, in welcher Erwartungshaltung er war. Kein unnützes Geplänkel, kein Blümchensex, jeder ging sofort zur Sache. Oliver war besonders deutlich. Sandy störte das nicht, es erging ihr nicht anders. Sie war schließlich eine erwachsene Frau und wusste genau, was sie wollte - oder besser gesagt, was sie nicht wollte. Sie hatte keinen Bock auf einen Jammerlappen, der an so einem aufregenden Abend nur von Krankheiten erzählt und rum jammert. Denn diesen sogenannten „Griff ins Klo" mit dem starken Geschlecht, den hatte sie selbst am Bein. Darauf war sie absolut nicht scharf.

Sandy und Oliver hatten sich bereits gegenseitig verbal so richtig scharf gemacht. Es versprach ein toller Abend zu werden! Seit 3 Wochen war ihr Mann auf Tour. Für Sandy war das immer eine missliche Zeit, in der sie sich vernachlässigt fühlte. Dass der arme Kerl als Fernfahrer wirklich sauer sein Geld verdienen musste, das kam ihr dabei nicht in den Sinn.

Sie trafen sich in einem Biergarten. Die Schwüle des Tages war zum Abend zu etwas abgeklungen. Die leichte Abkühlung war genau richtig, um sich durch das passende Gegenüber wieder so richtig aufzuheizen. Beide fanden sich auf Anhieb ausnehmend anziehend, mehr als das. Die körperlichen Reize dieser Frau vereinten all das, was Olli sich für so einen Abend gewünscht hatte. Er fand sie mehr als sexy. Ihr sehr kurzer Rock betonte ihre heiße Figur. Lange wohlgeformte Beine, einen knackigen Po und eine voluminöse Oberweite krönten das Gesamtbild dieser heißen Braut. Da blieben keine Träume und Wünsche offen. Schöne lange Haare umrahmten ihr leider etwas maskulines Gesicht, das schon deutliche Falten zeigte. Er konnte nicht umhin feststellen zu müssen, dass sie einen etwas verlebten Eindruck vermittelte. Auch ihre unverhältnismäßig langen künstlichen Fingernägel in den grellsten Farben und mit den kitschigsten Motiven versehen, ließen Olli erkennen, dass Sandy wohl einen Hang zum Gewöhnlichen hatte. „Na ja" dachte Olli, „ich will sie ja nicht heiraten".

Oliver war ein wirklich gut aussehender Mann mit einer sportlichen Figur. Man sah ihm an, dass er seine Männlichkeit gerne ausspielte und sicherlich nur sehr selten einen Korb von der holden Weiblichkeit bekam. Man sah, dass es ihm ein Leichtes war, mit seinem Charme Frauen zu bezirzen. Er hatte den sogenannten Schalk im Nacken. Er wusste, wie er wirkte und es war ihm ein leichtes Spiel, wie man eine Frau dahin bekommt, wo man sie hin haben wollte, nämlich ins Bett. Aber bei Sandy waren diese Bemühungen gar nicht notwendig. Bei ihr musste er seinen Sexappeal nicht spielen lassen, da hätte er offene Türen eingerannt. Sie signalisierte ihm freimütig ihre Bereitwilligkeit und zwar in allen Bereichen.

Es wäre übertrieben zu behaupten, dass Olli ein Hüne von Mann war. Aber trotzdem wirkte er durch seinen drahtigen, durchtrainierten Körper sehr männlich und daher überaus anziehend auf das weibliche Geschlecht. Seine Jeans saßen mit Absicht knall eng. Er wollte sicherlich damit dokumentieren, dass es sich lohnt, sich mit ihm einzulassen. Sandy war nicht blind, sie registrierte alle Attribute seines Körpers. Zwischen seinen Beinen, an der Schnittstelle des Lebens eines Mannes, blieb sie etwas länger haften und sie genoss sichtlich, was sich da abbildete. Olli hatte ihren gierigen Blick mit Wohlwollen registriert.

Sein Gegenüber trug ein sehr gewagtes Dekolleté, das ihr mehrmals gekonnt verrutschte, in dem sie sich ab und zu an ihren High-Heels zu schaffen machte. Ein grell schwarz/pinkfarbener BH kam zum Vorschein und dieses kleine etwas versuchte völlig aussichtslos ihre prallen Brüste zu bändigen. Was er jetzt schon visuell geboten bekam, ließ ihn auf leidenschaftliche Stunden hoffen. Sie gewährte ihm bereitwillig eine freie Sicht auf die Dinge, die er gerne in den Händen hielt.

Die Unterhaltung lief perfekt. Geschickt knüpften sie an die bisher geschriebenen Worte nun auch verbal an. Die ständigen anzüglichen und schlüpfrigen Bemerkungen erregten beide. Sandy spürte ein unbändiges Verlangen nach ihm. Genau so wollte sie es haben. So hatte sie sich den Abend vorgestellt. Eine Nacht mit einem richtigen Kerl, mit ihm, mit Oliver. Olli erging es nicht anders. Es war nicht zu übersehen, dass sich langsam seine sowieso schon viel zu enge Hose zu einem Problem entwickelte. Er sagte ihr unverblümt, wie scharf er auf sie war. Seine Worte fielen natürlich auf fruchtbaren Boden. Als sie dann noch mit dem Fuß unter dem Tisch an seinen Beinen hoch an sein Epizentrum rutschte, beschloss er zu handeln. Er rief den Kellner und zahlte die Zeche. Man erhob sich ohne, dass einer irgendetwas erklären musste.

Als beide zu ihren Autos gingen, vergaß der wilde Feger nicht mit dem zu wackeln, was ihn jetzt schon um den Verstand brachte. Sie war aber auch eine feurige Frau! Die Haare wippten, als sie neben ihm her lief. Vielversprechend und provokant schaute sie ihn an und ihre Körperhaltung ließ überhaupt keine Zweifel offen, dass sie ihn einlud, einlud zu einer stürmischen Nacht. Die übliche Frage: **„Wohin gehen wir, zu dir oder zu mir…?"** erübrigte sich an diesem Abend.

Sandy setzte sich in ihr Auto und fuhr rasant voran. Er hatte Schwierigkeiten ihrem schnittigen Fahrstil zu folgen. Für eine Frau fuhr sie einen absolut heißen Reifen. Diese kesse Biene verfügte wohl in vielen Gebieten über ein enormes Temperament. Als sie Sandys Wohnung erreichten, stellte sich nicht die Frage, wo er ungesehen seinen Wagen parken sollte. Sie wohnte in einem Hochhaus, da kannte keiner den anderen und niemand scherte sich an seinem Nachbarn. Bestens geeignet für eine kleine nächtliche Stippvisite.

Gemeinsam fuhren sie mit dem Aufzug nach oben. Olli konnte schon jetzt seine Finger nicht von ihr lassen und sie genoss es sichtlich. Als er ihr an die Brust fasste, stöhnte sie aufreizend. Es knisterte jetzt schon! Oben angekommen versuchte Sandy die Wohnungstüre aufzuschließen. Aber immer wieder rutschte der Schlüssel ab. Kein Wunder, Olli hatte sie bereits hochgehoben und gierig an die Tür gedrückt. Sie war leicht wie eine Feder und ihr Körper so willig!

Endlich war die Wohnungstür offen. Olli sah nicht das Chaos in dieser Wohnung, nicht die vollgepackten Möbelstücke mit Zeitungen, leeren Gläsern, Weinflaschen und Pizzaschachteln, er sah überhaupt nichts. Sie tragend suchte er nur das Bett und als er es endlich gefunden hatte, warf er sie darauf und beide rissen sich gierig die Klamotten vom Körper. Ein tagelanges verbales Scharfmachen von beiden Seiten trug nun endlich die erwarteten Früchte. Er fiel über sie her und Sandy genoss es, wie er ihr die Fummel vom Leib riss und alles im Schlafzimmer verstreute. Ja - so hatte sie sich den Abend vorgestellt, genauso! Sie tat das Gleiche. Man vergeudete keine Zeit mit einem Vorspiel. So bereit wie diese Frau war, wäre es eine reine Zeitverschwendung gewesen. Sandy wollte schnellen, heißen Sex und kein unnützes Geplänkel davor. Sie waren beide wie Ausgehungerte, keiner stand dem anderen nach, jeder wollte alles, jeder wollte das ganze Programm und Olli war zum Glück ein sehr potenter Mann. Sie erlebte an diesem Abend lautstark einen Höhepunkt nach dem anderen. Ob es wirklich so viele waren, das lassen wir mal dahingestellt, aber so schrill und lautstark wie sie es Olli mitteilte, bildete er es sich jedenfalls ein. Sein männliches Ego klopfte sich anerkennend auf die Schultern, welch ein toller Hecht er doch war.

Die stürmische Nacht näherte sich dem Morgengrauen und beide waren erschöpft eingeschlafen, als ein Geräusch sie aus dem wohlverdienten Schlaf riss. Es war deutlich zu hören, dass jemand versuchte, den Schlüssel an der Wohnungstür ins Schlüsselloch zu stecken. „Was ist das denn für ein Irrer, der mitten in der Nacht das eigene Türschloss nicht findet, ist das etwa dein Nachbar?", fragte Olli gelassen gähnend. Sandy war sofort hellwach. Sie erstarrte. Angst stand ihr in den Augen. „Ach du meine Güte", stotterte sie zitternd, „das ist mein Mann. Er ist Fernfahrer und wollte erst morgen wieder zurück sein." Ihr Gesicht wurde starr vor Schreck und ihre schon sehr gezeichneten Gesichtszüge ließen sie nach der durchlebten Nacht nicht unbedingt jünger erscheinen. Schlagartig war es mit Olivers Gelassenheit als cooler Lover vorbei. Überhastet sprang er aus dem Bett und wusste auf die Schnelle nicht, wohin er ausweichen sollte. Sandy rettete die Situation so routiniert und erprobt, dass es ihm sofort durch den Kopf schoss, dass eine solche Begebenheit ihr bestimmt schon öfter passiert war.

Panisch wollte er auf den Balkon flüchten, aber sie hielt ihn zurück. Sie wusste, dass ihr Mann gerne vorm zu Bett gehen dort noch eine Zigarette rauchte. Wohin sollte der aufgescheuchte Lover in der Eile sich verkrümeln? Sandy suchte hektisch seine Kleidungsstücke zusammen und warf alles in den offen stehenden Kleiderschrank und schubste Olli hinterher. Das seltsame Gefühl ließ ihn erneut nicht los, dass diese Konstellation für sie nicht neu war, denn sie behielt nach dem anfänglichen Schrecken nun absolut die Nerven.

Oliver stand im Schrank. Aus unerfindlichen Gründen konnte die Tür dazu nicht mehr komplett geschlossen werden und stand ein paar Zentimeter offen. Irgendwas klemmte dazwischen. Aber es war keine Zeit mehr die Ursache zu suchen. Splitternackt, den Atem anhaltend, stand er ohne sich zu rühren in seinem Versteck. Sein Blick fiel genau auf das große Bett. Dann hörte er, dass sich die Wohnungstür wieder schloss und in der Diele stand ein großer, gut gebauter Mann und breitete die Arme für seine Frau aus. Sandy fiel ihm um den Hals und küsste ihn stürmisch. All ihr überschwängliches Getue und Gehabe zu seiner Begrüßung erschien Olli nach der gemeinsam verbrachten stürmischen Nacht total übertrieben und aufgesetzt. Der gehörnte Ehemann ließ alle Taschen fallen und schloss seine Kleine in die Arme. Er hob sie hoch und trug sie zum Bett, das in der Nacht zuvor schon einmal wilde Stunden erlebt hatte. Nur wusste der beschissene Gatte zu diesem Zeitpunkt noch nichts davon. Er suchte kein Bad auf, nein er warf sich über seine Frau und zeigte ihr eindrucksvoll, wie lange er sich auf sie gefreut hatte.

Oliver fühlte sich recht dämlich, wie er so im Adamskostüm im Kleiderschrank stand, hilflos wie in einem billigen Slapstick-Film der 20iger Jahre. Der offene Spalt zwischen Tür und Schrank ließ ihn genau auf das Bett schauen. Leise atmend und höllisch bemüht, nicht zu niesen oder zu husten, war er ein unfreiwilliger Zuschauer in der ersten Reihe des Geschehens. Diese Konstellation war schon mehr als lächerlich – dass er, der große Lover, der Draufgänger und Frauenverführer sich in so einer absurden irrwitzigen Situation befand. Wenn er das seinen Freunden erzählen würde, diese Häme und Schadenfreude wäre sicherlich nicht zu ertragen. Nein, das würde er lieber unterlassen. Olli schwitze Blut und Wasser. Er

hatte eine Scheißangst von dem Herrn des Hauses ent-
deckt zu werden, denn Sandys Mann war ein breitschult-
riger, großer Bulle. Der hemmungslose und sehr laute Sex
des Ehepaares dauerte schier unendlich und Oliver
traute seinen Ohren nicht, als er Sandy genau die gleichen Sätze und Worte stöhnen hörte, mit denen sie auch
ihn ein paar Stunden zuvor lautstark angemacht hatte.

Es war genau das gleiche Vokabular – nur jetzt fand er
diese Worte doch recht schlüpfrig, schäbig und richtig
primitiv. Sie drückte sich in der übelsten Gossensprache
aus, damit ihr Mann sie ordentlich befriedigen sollte. Wie
sich Geschmack und Empfinden doch so schnell wandeln
können!

Oliver stand nach wie vor peinlich berührt im Kleiderschrank, nichts am Hintern und auch nichts an seinem vor-
deren Teil. Er musste nicht nur alles mit anhören, was da
abging, nein, da die knarrende Schranktür nach wie vor
ein Stück offen stand sah er genau, wie sie es trieben. Er
konnte nicht umhin, es erregte ihn. Auch wenn er es nicht
wollte, er kam sich vor wie Pinocchio, nur wuchs bei ihm
ein anderes Teil und nicht seine Nase.

Als es nach gefühlten zwei Stunden endlich auf dem
Bett ruhiger wurde und der gehörnte Ehemann in seinen
verdienten Schlaf fiel, krabbelte Sandy leise aus dem
Bett und half Oliver aus dem Schrank. Sie suchte hastig
alle Kleidungsstücke und seine Schuhe zusammen und Olli
machte sich auf die Socken, um so schnell als möglich

diese Wohnung zu verlassen. Als Sandy sich ihm näherte, um ihn zum Abschied noch zu küssen, würgte es ihn. Es ekelte ihn so sehr, dass er sie von sich schob. Beleidigt schubste sie ihn aus der Wohnungstüre und schloss diese leise hinter ihm. Dort stand er nun, nackt, schlotternd und zitternd, so angespannt war er gewesen. Er hatte wie in einer Schockstarre die ganze Zeit über im Schrank gestanden und musste so notgedrungen ausharren. Mit steifen Knochen zog er sich an. Seine Blase meldete ihm ein dringendes Bedürfnis, das er schon seit einer Ewigkeit im Schrank verspürt hatte. Zum Glück war es noch früh am Morgen und außerdem Wochenende, an dem normale Werktätige nicht zur Arbeit gehen. Sicherlich hätte er sonst den einen oder anderen verwunderten Blick geerntet. Er beeilte sich zu seinem Auto zu kommen und trotz der frischen Morgenluft hatte er noch immer Sandys Parfums in der Nase. Jetzt empfand er es aufdringlich und vor allem billig. Am Abend zuvor hatte es ihn angemacht.

Ziemlich fertig kam er zu Hause an und ließ sich sofort ins Bett fallen. Kurz vor dem Einschlafen schoben sich noch mal die Bilder der vergangenen Nacht vor sein geistiges Auge. Er sah sich mit einem erregten Schwanz im Schrank stehen und musste sich noch im Nachhinein eingestehen, dass der äußerst vulgäre und primitive Sex des Ehepaars ihn richtig angemacht hatte.

Heute war zum Glück Samstag und er durfte ausschlafen. Plötzlich, als er in den tiefsten Träumen lag, klingelte es Sturm an seiner Wohnungstür. Er schaute auf die Armbanduhr - es war gerade erst elf. „Eine unchristliche Zeit für Besuche" dachte er so bei sich, als er zur Tür schlurfte. Er orientierte sich halb blind vor Müdigkeit an der Wand entlang und öffnete. Draußen stand ein unbekannter Mann, ein richtiger Kleiderschrank, der den Türrahmen fast ausfüllte und fragte ihn höflich: „Sind sie Oliver Haag?" „Ja", erwiderte Olli müde blinzelnd und dann gab es einen „bums"! Sofort verspürte er einen unbändigen Schmerz in seinem Gesicht. Das Blut spritzte aus seiner Nase. Dann folgte noch ein Kinnhaken und dann wusste er nicht mehr so viel. Als er wieder zu sich kam stand dieser Koffer von Kerl über ihn gebeugt und sagte kurz und knapp: „Du vögelst meine Frau nicht mehr, ist das klar? Und wenn du mal wieder in fremden Betten liegst, dann pass auf, dass du deinen Perso nicht verlierst, du Depp!" Verächtlich warf er das Portemonnaie auf Olli. Darin waren alle verräterischen Papiere mit der genauen Adresse enthalten.

Was war passiert? Ach ja, jetzt konnte er es sich erklären, wer dieser ungebetene Terminator war. Oliver rappelte sich auf und ging ins Bad. Schon erschien Sandy mit einem leicht angeschwollen Auge und jammerte: „Ach Olli, es tut mir so leid, ich wusste nicht, dass er schon einen Tag früher nach Hause kommt. Das hat er noch nie gemacht!"

Mit schmerzverzerrtem Gesicht bat Olli beide Herrschaften seine Wohnung zu verlassen. Er hielt einen nassen Waschlappen an die Nase und eines schwor er sich, dass er bei der nächsten aufkommenden Frage nach einem Date: **„Wohin gehen wir? Zu dir oder zu mir…?"** nie mehr in eine fremde Wohnung gehen würde und sei die Frau auch noch so verführerisch.

Ich bin nicht entmutigt,

denn jeder erkannte Irrtum

ist ein weiterer Schritt nach vorne.

Thomas Alva Edison

Die Vergangenheit holt
uns immer wieder ein

Mit der Vergangenheit ist das so eine Sache. Erlebnisse aus unserer Kindheit oder Jugend lassen sich im späteren Leben nicht immer so einfach abschütteln. Man braucht viele Jahre, um tragische Erlebnisse zu verarbeiten. Oftmals gelingt es überhaupt nicht, dieses Geschehen zu bewältigen. In den meisten Fällen werden die belastenden Ereignisse immer nur verdrängt. Durch das nicht Aufarbeiten alter Probleme ist es eine Folgeerscheinung, dass der Mensch in seinem anschließenden Leben keine klaren Perspektiven mehr sieht. Die ständigen latenten Beklemmungen und Ängste aufgrund dieser Schädigungen aus früheren Zeiten, lassen ein weiteres glückliches und zufriedenes Leben häufig eskalieren.

Unsere nachstehende Geschichte versucht zu beschreiben, welche Hürden diese Menschen nehmen müssen, um ein halbwegs normales Leben führen zu können und wie aussichtslos so ein Kampf um Normalität sein kann. Denn nur all zu leicht kommt man wieder in die alten Spuren.

Unsere Story erzählt von einer Frau, wir nennen sie in meiner Erzählung Susanne. Das Leben hatte sie nicht besonders verwöhnt. Oder vielleicht dachte sie auch nur, dass man sie so stiefmütterlich behandelt hatte. Ihre Töchter waren aus dem Gröbsten raus und lebten bereits sehr früh ihr eigenes Leben. Viel wusste sie als Mutter nicht über deren Träume und Wünsche. Ebenso erging es ihr bei ihrem Mann. Die ganze Familie war emotional etwas kümmerlich geartet. Es gab wenig Gefühlsregungen, wenig Zärtlichkeiten und noch weniger Interessen an dem anderen. Alle funktionierten sie, so wie man es nach außen hin erwarten konnte. Susanne machte da auch keine Ausnahme. Die Töchter gehörten in der Schule immer zu den Besten, ihr Mann und sie waren beruflich erfolgreich. Aber trotz des Erfolges in ihrem Tätigkeitsbereich, war das auch nicht das, was sie sich als Beruf gewünscht hatte.

Auch war ihre Ehe von Anfang an nicht das, was man unter der großen Liebe versteht. Er war ein sehr einflussreicher Geschäftsmann in der Region und bot ihr ein sorgenfreies Leben. Sie dachte bei ihrer Hochzeit, dass gesicherte Finanzen für das Glück im weiteren Leben ausreichen würden.

Als sie ihren Mann kennenlernte, hatte sie ungeachtet ihrer Jugend, gerade eine vernichtend chaotische und gescheiterte Liebe hinter sich gebracht. Aber trotz aller erlebten Miseren mit diesem Scharlatan, war dieser

Marc bis heute ihre große, wenn auch unerfüllte Liebe geblieben. Egal was er ihr auch angetan hatte, sie konnte und wollte ihn nicht vergessen. Trotz aller Lügen und Machenschaften seinerseits, liebte sie ihn noch heute. Real betrachtet war sie ihm hörig. In der Psychologie nennt man das eine Co-Abhängigkeit. Das Demütigende für sie an dieser Liebe war, dass dieser Windhund sie während ihrer Beziehung nur benützt hatte. Zu der damaligen Zeit war sie nicht in der Lage, sich gegen diese Abhängigkeit Liebe zu wehren. Er war ein Lump, ein Dieb und ein Gauner. Er war ein Ausbeuter und Blutsauger und chronisch faul. Sie wusste das alles, aber trotzdem liebte sie ihn. Sie liebte ihn mit solch einer Blauäugigkeit und Aufgabe ihrer Person, dass man das nur ihrer damaligen Jugend und Unerfahrenheit zuschreiben konnte. Durch sie hatte er all das, was er zu seinem arbeitsscheuen Leben als Schönling und Gauner brauchte. Sie war für ihn zweckmäßig und nützlich, da sie bereits als junge Frau sehr gutes Geld verdiente. Trotz aller Nackenschläge und Demütigungen durch Marc, blieb sie in all den Monaten eine willige, naive und gutgläubige Geliebte für ihn, sodass er nebenbei noch alle machohaften Bedürfnisse voll ausleben konnte, die er brauchte, um in seinen Augen „ein Mann" zu sein.

Während der Zeit ihres Zusammenlebens mutierte sie zu seiner Sklavin. Es war ihm gelungen, sie mit allen Raffinessen gefügig gemacht. Nicht mit Gewalt, nein, das war nicht sein Stil, es gelang ihm sie sexuell abhängig zu machen. Dogmatisch suggerierte er ihr immer wieder, dass nur er sie befriedigen kann. Gezielt manipulierte er sie dahingehend, dass sie sich ohne ihn wertlos fühlte. Im Laufe der Monate war ihr Selbstwertgefühl genau dort angekommen, wo er es haben wollte, nämlich ganz unten. Aber wenn er bei ihr war, war sie trotz all dieser Missstände glücklich, egal was er ihr wieder angetan hatte. Wenn sie in klaren Momenten versuchte sich gegen ihn zu wehren, zog er sich berechnend zurück. Das bedeutete für Susanne die Hölle. Sie fühlte sich minderwertig und wertlos. Und dieser Mistkerl wusste das und handelte danach.

Aber eines Tages konnte sie ihre Augen vor der Realität nicht mehr verschließen. Ihr komplettes Traumschloss war zusammengebrochen. Alles in ihrem Leben war zerstört. Sie war am Boden und es sah nicht so aus, als dass sie sich jemals davon erholen würde. Ihre Seele und besonders ihre Existenz waren ruiniert. Dieser halbseidene Lover hatte sie nicht nur menschlich vernichtet, nein, er hatte vor seinem Verschwinden auch noch systematisch all ihre Konten geplündert. Sogar die Dispos hatte er total ausgeschöpft. Sie stand mit nichts da. Er hatte alle ihre Erbstücke und Andenken ihres teilweise sehr wertvollen Schmuckes mitgehen lassen, sowie alle Sparbücher, von denen er natürlich die Passwörter wusste. In ihrer dummen Naivität hatte sie im Safe ihre

handschriftlichen Notizen aller Pin Nummern und Code-
wörter hinterlegt und er wusste natürlich die Nummer
der Safe-Kombination. Schon von Anfang an ihrer Be-
kanntschaft schröpfte er ihre Finanzen. Immer mit den
Begründungen, die mehr als grotesk waren, warum er mal
wieder nicht flüssig war.

Nachdem er sie nach knapp einem Jahr finanziell völlig
ruiniert hatte, stand sie mit nichts da. Vor ihr lagen die
Trümmer ihres Lebens und das alles durch diesen geris-
senen und ausgekochten Lump, den sie so liebte und ohne
den sie nicht leben wollte und konnte. Die finanziellen Ein-
bußen konnte sie mit der Zeit wieder ausgleichen, aber
die Wunden ihrer Seele waren nicht mehr zu heilen. Diese
psychischen Grausamkeiten der Vergangenheit, diese Demütigungen ihrer Person waren so folgenschwer für ihr
weiteres Leben, dass sie bis zum heutigen Tage daran la-
borierte.

Was blieb ihr nach diesem Desaster anderes übrig, als
alleine von vorne anzufangen. Ihre große Liebe war zerbrochen - er war weg, er, der die Liebe ihres jungen Lebens war! Er war ihr Leben, ihr Halt, ihr Rückgrat und
kein anderer Mann konnte ihren Körper so berühren und
sie küssen wie er - keiner. Schon sein Äußeres törnte sie
an, seine Hände, seine Arme, seine Stimme, seine Lippen,
seine Augen. Wenn sie ihn sah, war alles vergessen, an was
diese Beziehung eigentlich krankte, an den vielen Entwür-

digungen und Betrügereien. Er war ein Gauner und durchtrieben und sie stand ihm hilflos gegenüber, dümmlich naiv und noch schrecklich blöde dazu.

Dann traf sie ihren heutigen Mann. Das Paar heiratete sehr schnell, da Susanne nicht alleine leben konnte und wollte. Dass auch eine Ehe nicht vor Einsamkeit schützt, musste sie in den kommenden Jahren schmerzvoll erkennen.

Susanne hatte mal wieder so von allem die Schnauze voll und beschloss daher ein paar Tage alleine zu verreisen. Ihr Mann würde es wohl vermutlich nicht mal bemerken! Oder vielleicht doch? Sie war an einem Punkt angelangt, da störte sie sogar sein Atem, so nervte er sie. Schon wenn sie ihn roch, musste sie würgen und wie er am Frühstückstisch seine Brötchen kaute, so schmatzend und laut, all das war für sie nicht mehr zu ertragen. Dieses Geräusch hörte sich an, als ob eine Mühle Getreide mahlen würde.

Sie sprachen fast nie bei den Mahlzeiten miteinander, nur das Allernötigste und das wurde auch immer weniger. Über was sollte sie auch mit ihm reden? Dass sie dabei war am Alltag zu ersticken? Er hätte es sowieso nicht verstanden. All ihre Unzufriedenheit wäre von ihm so banal und nichtssagend abgetan worden, dass sie ihre Bedürfnisse lieber unterdrückte. Sie interessierte ihn als Frau schon lange nicht mehr. Aber fairerweise musste sie zugeben, dass auch er ihr im Laufe der Zeit recht gleichgültig geworden war. Er brachte gutes Geld nach Hause, damit waren ihre Anforderungen an einen Ehemann erfüllt.

So lebte jeder sein Leben. Susanne arbeitete sehr erfolgreich im Versicherungswesen, das für sie mit den Jahren so unerträglich abgedroschen geworden war. Was sollte unter diesen Spießer Kollegen im Büro denn schon großartig passieren? Nichts!

Was war aus ihren Träumen von einst geworden? Was war geblieben? Das war und ist eine gute Frage, die sie nicht beantworten konnte. Ihr Leben war fad, ohne nennenswerte Ziele vor Augen zu haben. Was passierte denn noch in ihrem Leben? Mit Freundinnen mal ausgehen und ein oberflächliches Blabla-Gespräch zu führen, ab und zu ein Friseurbesuch, mal telefonieren und den neuesten Bestseller lesen, die Kosmetikerin aufsuchen und shoppen gehen. Aber das war all nicht das, was ihre Sehnsucht nach einem anderen Leben stillte. Sie wollte mal wieder Leidenschaft erleben, sich mit einem Mann in heißen Nächten im Bett herumwälzen, sich leidenschaftlich küssen und wenigstens ab und zu mal einen Orgasmus erleben. Denn noch immer trauerte sie ihrer früheren großen Liebe nach.

Stattdessen hatte einen missmutigen Gesichtsausdruck, ihre Mundwinkel hingen müde nach unten, ein Lächeln hatten diese Lippen schon lange nicht mehr verspürt. Die Kosmetikerin bekam ihre Falten nicht mehr in den Griff und die Kleidungsstücke, die ihr gefielen, in die passte sie schon lange nicht mehr hinein. Eine Diät nach der anderen hatte sie ausprobiert und danach war sie immer dicker geworden. Ihre Haare hingen mittlerweile so schlaff und leblos an ihr herunter, wie ihre Gemütsverfassung war. Sie fühlte sich schlecht, unverstanden und vor allen Dingen ungeliebt. Vom Sex ganz zu schweigen. Manchmal stand sie vor dem Spiegel und fragte sich, ob sie wirklich so ein Monstrum geworden war, dass ihr Mann überhaupt kein Interesse mehr an ihr zeigte. Die letzte gemeinsame Nacht lag schon Monate zurück und eine Liebesnacht war das wirklich nicht gewesen. Es waren eher ein paar heftige Minuten seitens ihres Gatten und dann fiel er in seinen wohlverdienten Schlaf und sie lag stundenlang daneben und konnte nicht einschlafen. Beim Sex einen Höhepunkt zu erleben - ach das war schon Jahre her. Ein solcher Zustand macht unzufrieden, träge und fett.

So war das auch bei ihr. Wenn sie ehrlich war, so hingen die weiblichen Attribute ihres Körpers gewaltig. Früher gehörten sie mal zu ihren größten Reizen. Ihre Gesichtsfarbe war grau und fahl. Sie war leer und ausgebrannt. Susanne fühlte sich nur noch müde und zerschlagen. So wollte nicht mehr weiter leben. Sie musste raus, raus aus dieser öden Tretmühle, sonst würde sie ersticken.

Also packte sie ihren Koffer und fuhr an die Nordsee. Sie war über sechs Stunden mit dem Auto unterwegs. Stau an Stau folgte, man merkte, dass Ferien waren. War denn niemand zu Hause geblieben? Total übermüdet kam sie endlich in Carolinensiel an, suchte sich ein kleines Hotel und schlief erst mal.

Der frühe Abend war angebrochen. Es war noch wunderbar warm und man roch das nahe Meer. Susanne machte sich etwas zurecht und bummelte langsam durch die Straßen des kleinen Städtchens. Sie suchte ein nettes Lokal, um etwas zu Abend zu essen. Direkt an der kleinen Bucht, mit den alten Kuttern, die im Wasser lagen, sah sie ein wunderschönes kleines kuscheliges Fischlokal. Draußen im Gartenlokal standen diverse Tische mit weißen Tischdecken. Es sah alles sehr einladend aus. Natürlich war auch da alles total überfüllt. Überall spielten lautstark die Kinder. Warum auch nicht, es waren schließlich Sommerferien!

Susanne suchte nach einem freien Tisch, aber keiner war zu finden. Ob sie wollte oder nicht, sie musste sich zu einem Gast dazu setzen. Notgedrungen überwand sie sich und fragte den einen Herrn am Rande des Gartenlokals, ob ein Platz von den beiden unbesetzten Stühlen noch frei wäre. Er bejahte es und musterte sie sofort. Seine listigen und aufdringlichen Blicke störten sie, aber es bot sich sonst keine andere Möglichkeit, alle Tische waren besetzt.

Sie bestellte ihr Essen und ihr Gegenüber versuchte immer wieder eine blöde Konversation zu beginnen. Unfreundlich blockte sie diese Bemühungen ab. Kurze Zeit später kam ein anderer Herr an den gemeinsamen Tisch. Er war wohl ein guter Bekannter des Tischnachbarn. Susanne schaute gar nicht auf. Sie nahm alles nur peripher wahr. Beide Männer begrüßten sich sehr herzlich. Sie schienen besonders gute Freunde zu sein und hatten sich hier im Lokal wohl verabredet. Susanne hörte der Unterhaltung der beiden nicht zu, da sie mit ihrer gegrillten Forelle, die ihr gerade serviert worden war, beschäftigt war. Sie drehte den Teller in alle Richtungen und war sich nicht schlüssig, wie sie dieses Teil richtig zerlegen sollte, um gewissenhaft alle Gräten entfernen zu können. Ungeschickt stocherte sie in dem Fisch herum. Man sah, dass sie keine Ahnung hatte, wie sie dieses Teil tranchieren sollte. Die beiden Herren am Tisch beobachteten schmunzelnd den aussichtslosen Kampf zwischen Susanne und dem Grillfisch und hatten offensichtlich ihren Spaß dabei. Als der zweite Herr, der später gekommen war, dieses Schauspiel nicht mehr mit ansehen konnte, fragte er sie höflich, ob er ihr denn behilflich sein dürfe. Entnervt übergab sie ihm das Besteck. Aber eigentlich kam sie nicht mehr dazu, denn als sie ihren Blick erhob, gerann ihr das Blut in den Adern. Das Besteck rutschte ihr aus den Händen und fiel auf den Teller. Es war richtig laut und alle Leute im Umkreis schauten zu ihr rüber.

Er stutzte ebenfalls – konnte das sein? Es war unglaublich - vor ihr saß Marc, der Mann, der sie vor vielen Jahren monatelang schlaflose Nächte gekostet hatte. Vor ihr saß ihre Liebe, ihre große Liebe von damals. Der ausgekochte, gerissene Kerl, der sie an den Rand eines Nervenzusammenbruches mit gravierenden Spätfolgen gebracht hatte. Es mussten fast 18 Jahre ins Land gezogen sein, aber er hatte in all dieser Zeit nichts von seiner Faszination eingebüßt. Diese Hände, diese Augen, dieses Lachen, alles war wie damals. Susanne wurden die Knie weich – gut, dass sie saß. Marc fasste sich schneller als sie, nahm das Besteck auf und tranchierte ihr den Fisch zu Ende, legte das Besteck wieder vor sie hin und bat sie zu essen, sonst würde die Speise kalt werden.

„Wir kennen uns doch?", begann er vorsichtig das Gespräch. Da Susanne sich gerade eine große Ladung der zerlegten Forelle automatisch und wie ferngesteuert mit der Gabel in den Mund gesteckt hatte, konnte sie darauf nicht antworten, sie nickte nur. „Susanne?", fragte er vorsichtig. Der andere Herr rückte näher zu den beiden heran. Das versprach für ihn sehr interessant und spannend zu werden, denn sein Freund Marc schien diese Frau zu kennen. „Susanne? Susanne? Nach all den Jahren sehen wir uns endlich wieder" flötete Marc in seiner bekannt charmanten und auch dreisten Art. Nichts, aber auch gar nichts schien diesem Mann peinlich zu sein. Statt, dass er sich schnell aus dem Staub gemacht hatte, hinsichtlich seiner Klauerei von damals, tat er so, als ob sie sich vor ewigen Zeiten als beste Freunde getrennt hätten. Susanne war total überfahren, ihr Hirn hatte eine schier unendlich während Blockade. Ihre Gedanken arbeiteten in einer Endlosschleife. Wie in einem tiefen, dichten Nebel eingehüllt, kaute sie noch immer mechanisch. Sie war nicht in der Lage, den Bissen runter zu schlucken. Ihre Kehle war zugeschnürt. Susanne war wie gelähmt. Was lief hier ab? War sie in einem falschen Film? Aber Marc war noch immer ein gerissenes Mannsbild und spürte sofort seine immer noch bestehende Wirkung auf sie. Kühn stand er auf, kam zu ihr, um sie in den Arm zu nehmen. Automatisch wich sie etwas zurück. Endlich war sie in der Lage den Bissen in ihrem Mund runter zu schlucken und zu reagieren, auf ihn zu reagieren.

Und wie sie reagierte! Er roch wie damals, er sah aus wie damals, nur etwas älter war er geworden. Die Haare schienen etwas ausgedünnter zu sein, aber ansonsten war er noch genauso schlank wie einst. Auch seine Kleidung war genauso wie früher, jugendlich sportlich und mit Pfiff. Susanne ließ seine Umarmung geschehen. Sie hielt ganz still und obwohl ihr das Unterbewusstsein vehement signalisierte, dass das doch der Gauner war, der sie damals so beschissen hatte, ging sofort wieder diese große Faszination von ihm aus. Trotz aller Warnungen, die ihr der Verstand zu verstehen gab, genoss sie diesen Augenblick. Er war hier, hier bei ihr. Er küsste sie zart auf die Wange und rutschte dann zu ihrem Ohr, genauso wie er es früher immer gemacht hatte. Sie fühlte Schauer über ihren Rücken laufen. „Marc", sagte sie leise und ergriffen. Wie oft hatte sie diesen Namen geflüstert, wie oft hatte sie diesen Namen geschrien, nach dem er sie verlassen hatte. Wie oft hatte sie diesen Namen zu diesem Gesicht geträumt. Wie oft hatte sie diesen Namen gewimmert, wenn sie dachte, dass sie alleine nicht weiterleben konnte. Und nun war er hier, hielt sie im Arm und küsste sie auf die Wange.

Susanne war wie gelähmt. Endlich ließ er sie los und setzte sich wieder. Seine Erfahrungen in Bezug auf Frauen ließen ihn sofort erkennen, dass er sie erneut im Griff hatte, dass sie jetzt schon wieder willenlos war. Sofort legte er eine Schippe drauf und ergriff liebevoll ihre Hände, auch so, wie er es früher immer getan hatte. Er umfasste diese in einer so ganz besonderen Art. Kein anderer Mann hatte das jemals wieder so getan. Er schaute sie an, mit seinem so durchdringenden Blick, genauso wie früher. Seine Klauerei von damals schien in seinem Kopf überhaupt nicht mehr zu existieren. Er war kein bisschen verlegen oder zurückhaltend, nein, er war wie früher fordernd, verlangend und grenzenlos. Seine Wirkung auf Susanne war nicht zu übersehen. Ob sie es wollte oder nicht, sie fühlte, dass sie ihm schon wieder verfallen war. Ihre Knie wackelten, ihr Herz schlug schrecklich, der Schweiß lief ihr den Rücken herunter. Sie war – wie immer und das im wahrsten Sinne des Wortes – Wachs in seinen Händen.

Marc bat seinen Freund sich zu verabschieden. Dieser aß schnell auf und ging von dannen, natürlich ohne sein Essen zu bezahlen. Es war wohl in seinen Augen Marcs Aufgabe, seine Rechnung zu begleichen. Schließlich sollte er ihm ja einen Gefallen tun.

Dann kam so etwas wie ein Dialog zwischen ihm und Susanne auf. Eigentlich war es mehr ein Monolog seitens von ihm, denn sie war fast nicht in der Lage, sich zu artikulieren. Er sprach – sie nickte und er ließ seine Worte auf sie wirken – genau wie früher. Nach zwei Stunden – und etlichen Gläschen Wein – konnte sie endlich auch ihren Teil zum Gespräch beitragen. Aber wie konnte es anders sein, sie spürte es mit allen Fasern ihres Herzens, sie war schon wieder seinem Charme erlegen. Es war ihm gelungen, so wie damals, auch heute erneut ihren Verstand völlig lahm zu legen. Er hatte sie in der Hand, so wie vor vielen Jahren. Sie schaffte es nicht ihn zur Rede zu stellen zu dem, was er ihr vor ihrer Trennung angetan hatte. Es war, als ob sie an einer Amnesie leiden würde. Plötzlich waren seine Schandtaten aus der Vergangenheit gar nicht mehr wichtig für sie. Er war hier, hier bei ihr. Beide lebten im jetzt und nicht in der Vergangenheit.

Es war schon spät geworden, als Marc sie um einen Spaziergang bat. Die Abendsonne stand glutrot am Himmel. Susanne folgte ihm wie in Trance. Alles war ihr recht, alles war gut, was er vorschlug. Hauptsache er war da, bei ihr. Er hatte sich neben sie gesetzt und seinen

Arm um sie gelegt, so wie früher. Er flüsterte ihr ins Ohr: „Diesen wunderschönen Abend müssen wir gemeinsam genießen. Schau, den Sonnenuntergang am Himmel, er ist wie wir, feurig und voller Glut". Er wusste genau, dass Susanne Sonnenuntergänge so liebte, dieses blutrote Schauspiel am Abendhimmel.

Sie riefen den Ober zum Tisch und Marc lud sie großzügig ein. Er meinte, das sei doch Ehrensache, dass er die Rechnung begleichen würde. Aber wie konnte es anders sein, als er sein Portemonnaie zückte, musste er ihr gestehen, dass er nicht genügend Geld bei sich hatte – und eine Master- oder Visa- Card konnte er nicht vorweisen. Völlig ungeniert bat er sie ihm den Betrag zur Begleichung der Rechnung kurzzeitig vorzulegen. „Ich gebe es dir nachher zurück", meinte er ohne jegliche Verlegenheit zu zeigen. Und wie konnte es anders sein, Susanne bezahlte, ohne sich dabei etwas zu denken, denn denken, kritisch denken, das konnte sie schon lange nicht mehr.

Er legte ihr seine Jacke über die Schultern und führte sie so, wie er es immer getan hatte. Er bestimmte die Richtung und sie folgte, so wie damals. Eng umschlungen bummelten sie am Strand entlang. Er erzählte, dass er schon seit vielen Jahren hier lebte und sie berichtete, was ihr so alles widerfahren war, nach der Trennung von ihm. Immer wenn er dachte, dass Susanne jetzt diese unseligen früheren Geschichten ansprechen würde, blieb er stehen und küsste sie. Er küsste sie so, wie sie es von ihm kannte, leidenschaftlich und drängend. Susanne hatte das Gefühl zu schweben. Sie wehrte sich nicht, sie lag in seinem Arm und dankte Gott, dass sie noch mal so was Schönes erleben durfte und genoss es in vollen Zügen, wenn seine Hände gekonnt über ihren Körper strichen. Sie spürte, dass seine Verführungen ihr Ziel erreicht hatten. Die berühmte Fragestellung: „**Gehen wir zu dir oder zu mir...?**", erübrigte sich. Er bat sie auch nicht mit ins Hotel gehen zu dürfen – es war sonnenklar, dass sie nun den gleichen Weg hatten, den zu Susannes Unterkunft. Er zeigte ihr schon jetzt, dass er sich kaum beherrschen konnte und wollte. Seine Leidenschaft ließ sie jetzt schon fühlen, was sie im Hotelzimmer erleben würde.

Wie es zu erwarten war, wurde es ein wunderschöner Abend. Keinen langweiligen Sex, nein, Marc war noch immer der große Verführer von einst. Es gab keine Hemmschwelle für Susanne, so, wie sie es damals vor vielen Jahren erleben durfte. Sie fühlte sich als eine begehrte Frau und ließ ihren Gefühlen freien Lauf. Sie genoss jede Sekunde. Seine Hände waren so erfindungsreich, so kreativ. Es gab kein Tabu zwischen ihnen. Marc musste nicht lange experimentieren, um zu wissen, was sie gerne hatte und wo sie gierig gestreichelt und geküsst werden wollte. Er wusste das alles noch und das nach all den vielen Jahren. Während ihrer Ehe hatte Susanne diese Ekstase und Hemmungslosigkeit beim Sex so sehr vermisst, diese Zügellosigkeit und den Einfallsreichtum eines Liebhabers. Von ihrem Mann war sie das nicht gewohnt. Sie hatten zwar ab und zu mal Sex, aber alles war so bodenständig, so normal, so langweilig und so spießig. Mit Marc war das anders, ihr Körper gierte nach ihm. Ihr Mund war wund, ihr Unterleib pochte und sie verspürte einen Höhepunkt nach dem anderen. Er schien überhaupt nicht mehr von ihr lassen zu wollen und hielt sie im Arm, so wie damals und sie kuschelte sich an ihn. Als sie einschlief, hatte sie noch all die Liebkosungen im Ohr, die er ihr zugeflüstert hatte. Sie spürte noch all seine Berührungen am ganzen Körper und war auf Wolke sieben – er war bei ihr und sie war glücklich!

Irgendwann wachte sie auf und tastete nach ihm. Aber das Bett war leer. Verschlafen setzte sie sich auf und rief nach ihm, keine Reaktion. In diesem Moment wusste sie, was passiert war! Es war kein Ahnen, nein es war ein Wissen! Als sie aufstand, schwankte sie aufgrund der großen Angst, die sie sofort überkam. Mit Herzklopfen nahm sie ihre Handtasche und suchte nach ihrem dunkelroten Portemonnaie und schaute hinein. Es war wieder passiert, er hatte sie erneut beklaut. Sie registrierte eine erschreckende Leere in dem Fach für die Geldscheine. Nur noch ein bisschen Hartgeld, ihren Pass und den Führerschein hatte er ihr gelassen. Das nicht unerhebliche Bargeld war weg und die kompletten EC- und Visa- Karten und ihr Schmuck – alles war weg, einfach weg. Man hatte sie auf die primitivste Art und Weise nach dem Beischlaf beklaut. Siedend heiß fiel ihr ein, dass sie im Safe noch Bargeld deponiert hatte. Aber der stand weit offen – kein Wunder, denn es war ihre Angewohnheit, ihr eigenes Geburtsdatum als Code einzugeben. Er hatte es nicht vergessen. Dieser Schurke hatte wohl generell nichts vergessen und das nach all den vielen Jahren ihrer Trennung! Ihre Uhr, ihr teures Smartphone und ihre teilweise sehr wertvollen Schmuckstücke – alles war weg. Auch das kleine Notizbuch mit den kompletten Pin-Nummern aller Bankkarten hatte er mitgehen lassen. Marc hatte sich auch daran erinnert, dass sie sich in ihrem kleinen Telefonbuch alle Nummer verschlüsselt notierte, aber so, dass es für ihn ein Leichtes war, diese zu enträtseln. Und all diese Tatsachen hatte er nach diesen vielen Jahren noch gewusst!

Ihr Magen meldete sich. Ihr war schlecht. Das Herz stolperte und ihr brach der Angstschweiß aus. Sie war ihm wieder auf den Leim gegangen, ihm, dieser ausgekochten Kanaille, in einer so dusseligen Art und Weise, dass man sich wirklich nur fragen konnte, wo ihr Verstand geblieben war. Warum hatte ihr Urteilsvermögen so ausgesetzt, als sie ihn wiedersah? Hatte sie wirklich alles vergessen, was er ihr vor Jahren angetan hatte? War sie nicht imstande, einen klaren Gedanken zu fassen, wenn er in ihrer Nähe war? Warum waren ihre Hormone so dominant? Warum hatte sie sich von Marc erneut so verführen lassen?

WARUM?

WARUM?

Verzweifelt über ihre eigene Blödheit, warf sie sich auf das Bett und weinte. Nach geraumer Zeit meldete sich ihr Verstand zurück. Ganz langsam kam sie wieder auf den Boden der Tatsachen. Mit dem bisschen Scharfsinn, der ihr noch geblieben war, versuchte sie die ganze Misere zu ermitteln. Es war so beschämend, was ihr da widerfahren war. Beklaut nach einer Nacht im Hotel, von einem Kerl, der sie bereits vor Jahren an den Rand des finanziellen Ruins gebracht hatte. So bodenlos dumm und naiv konnte man als erwachsene Frau doch nicht sein. Aber es gab nichts zu beschönigen. Sie war tatsächlich wieder so dämlich gewesen.

Was war nun zu tun? Wie sollte es weitergehen? Ihr Magen rebellierte erneut, als sie sich eingestehen musste, dass sie Marc noch nicht mal anzeigen konnte. Wie hätte sie es ihrem Mann erklären sollen, dass sie mit einem früheren Lover die Nacht verbracht hatte? Mit dem Mann, der sie bereits früher und nun auch noch aktuell beklaut hatte. Entmutigt erkannte sie, dass sie vor einem nicht zu lösenden Problem stand. Ihr blieb nichts anderes übrig, als alles mal wieder unter den Teppich zu kehren und zu vertuschen. Schon wieder sah es so aus, als ob es dem Lump und Betrüger Marc wieder gelungen war, ihr Leben zu zerstören.

Resigniert sackte sie in sich zusammen. Sie war noch nicht mal imstande ihre geklauten EC-Karten sperren lassen, denn sie hatte keine Ahnung, an wen sie sich wenden musste. Susanne kannte noch nicht mal ad hoc ihre eigenen Kontonummern, geschweige denn die entsprechenden Kartennummern - und erst recht keine Telefonnummer ihrer Bank – sie wusste nichts. Nur allzu gern hatte sie in all den vergangenen Jahren alles Administrative an ihren Mann abgegeben. Sie beglich generell alle Einkäufe nur mit ihren EC- und Visa Karten, mehr interessierte sie nicht. Für diese ihr unangenehmen bürokratischen Dinge war ihr Mann in all den Jahren ihrer Ehe zuständig gewesen. Er regelte all diesen langweiligen Kram. Ja, er wusste wirklich alles und ihr kam jetzt erst so richtig zum Bewusstsein, wie sehr sie sich immer auf ihn verlassen hatte und auch verlassen konnte. Auf ihn, den Bürokraten, der so Beamten getreu war, auf ihn, den Vater ihrer Kinder, auf ihn, den Langweiler, auf IHN! Erneut öffneten sich wieder alle Schleusen, sie konnte nicht aufhören zu weinen.

Als Susanne sich endlich wieder einigermaßen beruhigt hatte überlegte sie, wie sie vorgehen sollte, um dem Hotel mitzuteilen, dass sie komplett bestohlen worden war. Der Plan musste hieb- und stichfest sein. Sie konnte ja schlecht der Rezeption mitteilen, dass sie nach einer Liebesnacht ausgenommen worden war. Ebenso musste sie ihrem Mann eine richtig gut durchdachte und plausible Erklärung geben können. Sie schaute noch mal in der Handtasche im kleinen Seitenfach nach, ob da evtl. das Geld, das sie da immer deponierte, noch vorhanden war. Das Geheimfach war ebenfalls leer. Aber auch daran hatte sich der Dreckskerl erinnert. Nichts war mehr da, rein gar nichts.

Nach längerem Überlegen entschloss sie sich, erst einmal eine weitere Nacht im Hotel zu bleiben, um gedanklich mehr Möglichkeiten erörtern und sich einen guten Schlachtplan ausdenken zu können. Am nächsten Morgen zwang sie sich in Ruhe zu frühstücken und ging dann anschließend zu Fuß in die Stadt. Es war Mitte in der Woche und sie bummelte noch immer innerlich total aufgelöst mit ihrer Handtasche und dem leeren Portemonnaie durch die Kaufhäuser. Es war ein beklemmendes Gefühl, keinen Euro-Schein in der Tasche zu haben! Sie war während ihrer Ehe immer mit Geld gesegnet gewesen, das war nie ein Thema. Seit ihrer Verheiratung hatte sie niemals finanzielle Probleme kennengelernt, da sie und ihr Mann gut dotierte Jobs hatten. Es war für sie eine ganz neue Erfahrung, mit leeren Händen dazustehen. Diese neue Erkenntnis empfand sie als schrecklich belastend, es drückte ihr auf die schon angeschlagene Seele. Krampfhaft musste mehrmals schlucken, um nicht schon wieder zu heulen.

Dann hatte sie endlich eine Idee, ja so könnte es klappen! Sie plante alles so aussehen lassen, als dass sie in einem der Kaufhäuser der Stadt Opfer eines Taschendiebes geworden wäre. Das erschien logisch und auch durchaus nachvollziehbar, denn so etwas war ihr bereits zu Hause schon einmal passiert. Damals waren ihre Papiere in einer Umkleidekabine gefunden worden und so wollte sie es auch diesmal wieder abwickeln. Aber dann musste sie sich wohl oder übel von ihrem geliebten roten Portemonnaie und ihren Papieren trennen, obwohl das wirklich das einzige war, was sie noch an Besitztümern hatte. So langsam manifestierte sich ein realer Plan in ihrem Kopf. Entschlossen startete sie den Ablauf des geplanten Pseudo-Diebstahls. Sie suchte ein großes Kaufhaus auf. Wie sollte sie es handhaben? Wohin sollte sie möglichst unauffällig das Portemonnaie verschwinden lassen? Wo sollte sie es hinlegen, damit sie nicht dabei erwischt werden würde? Hastig suchte sie sich ein paar Kleidungsstücke aus und ging damit in einer der Kabinen. Verstohlen ließ sie ihr Portemonnaie mit den Papieren ganz vorsichtig in einer Umkleidekabine ganz hinten auf den Boden fallen. Man würde diese sicherlich bald finden und bei der Polizei abgeben, so erhoffte sie es. Bewusst ließ sie alle Kleidungsstücke in der Kabine hängen, damit sie sich jetzt schnellstens aus dem Staub machen konnte. Als sie aus dem Kaufhaus auf die Straße trat, atmete sie auf. So, das war geschafft.

Etwas erleichtert machte sich auf den Weg zum Hotel, natürlich zu Fuß. Jetzt waren ihre schauspielerischen Fähigkeiten gefordert. Sie atmete tief durch und betrat die Rezeption. Jetzt war Showdown. Finale. Total aufgeregt begann sie an der Rezeption ihre Geschichte zu erzählen. Sie steigerte sich so hinein, dass sie plötzlich wieder zu weinen begann. Unter Tränen schilderte sie, wie sie in dem Kaufhaus bestohlen worden war! Man tröstete sie und rief sofort die Polizei an. Dort bat man sie zum Revier zu kommen, da man eine Anzeige aufnehmen müsste. Da sie noch nicht mal Geld hatte, um mit dem Taxi dorthin zu fahren, stellte man ihr vom Hotel erst einmal 100 Euro zur Verfügung, die dann später verrechnet werden sollten. Bevor sie sich auf den Weg zur Polizeistation begab, ging sie auf ihr Zimmer, um ihren Mann anzurufen.

Ihr Blick fiel auf das Bett, indem sie heute Nacht so glücklich war. In dem sie die Welt vergessen hatte und auch die Tatsache, dass Marc schon immer ein ausgekochter Ganove war. Aufgrund dieser Sachlage saß Susanne nun so richtig im Schlamassel. Als sie in Marcs Armen lag, hatte sie mit keiner Faser ihres Herzens mehr daran gedacht, wie er schon vor Jahren ihre Konten geplündert hatte. Keine Warnung hatte sie empfunden, sie hatte sich nur ihren Gefühlen hingegeben. In seinen Armen hatte sie sich wieder als eine begehrenswerte Frau fühlen, sich fallen lassen und eine leidenschaftliche Nacht erleben dürfen. All das hatte sie erlebt, was sie so lange Jahre so schmerzlich vermisst hatte. Dass sie dafür aber so bezahlen musste, das hätte sie niemals für möglich gehalten.

Susanne spürte einen starken Druck auf ihrer Brust. Sie kannte dieses Gefühl aus früheren Zeiten. Es beherrschte sie immer dann, wenn sie sich in einer Zwangslage befand, so wie zurzeit. Krampfhaft steuerte sie dagegen. Tapfer versuchte sie die wirren Ängste und Gedanken in ihrem Kopf zu ordnen. Sie musste auf der Hut sein, dass sie nun keinen gravierenden Fehler machte. Susanne durfte nur den Verlust des Geldes, der Karten und ihres Portemonnaies bei ihrem Mann und der Polizei angeben. Den Schmuck und ihre Armbanduhr musste sie abschreiben, denn für diesen Diebstahl konnte sie keine vernünftige Erklärung präsentieren. Bei der Polizei war dies nicht das Problem, aber wie sollte sie diesen Verlust ihrem Mann klarmachen? Ach, da würde ihr schon was einfallen und das teure neue Handy, was war damit? Aber das konnte ja auch im Kaufhaus aus der Tasche gestohlen worden sein, so jedenfalls würde sie es bei der Polizei zu Protokoll geben.

Blitzartig hatte sie eine Idee. Sie rief vom Hoteltelefon aus ihre Handynummer an. Vielleicht wäre Marc so unbedarft und würde sich melden. Aber weit gefehlt, es klingelte und klingelte und nichts tat sich. So ein dummer Fehler würde ihm niemals unterlaufen, dazu war er zu gerissen, um auf diesen Anruf hereinzufallen.

Jetzt schlug die Stunde der Wahrheit. Beherzt nahm Susanne all ihren Mut zusammen, rief ihren Mann an und sofort weinte sie hemmungslos. Zuerst verstand er gar nicht, was sie erzählte, so schluchzte sie. Als er endlich begriff, was passiert war, beruhigte er sie, dass er alle Karten sperren würden. In diesem Moment fiel es ihr siedend heiß ein, dass Marc sicherlich noch heute Nacht, soweit es möglich war, Abhebungen getätigt hatte und diese Uhrzeit würde man dann auf dem Kontoauszug nachvollziehen können – was war dann mit ihrer Diebstahlversion vom heutigen Morgen? Ihr wurde unendlich schlecht bei diesem Gedanken. Aber über diese wacklige Brücke würde sie erst gehen, wenn sie angekommen war, dann hatte sie sicherlich eine Idee, um das zu erklären.

Ihre Nerven lagen blank, sie weinte und weinte! Es war die Enttäuschung über sich selbst, die sie so heulen ließ. Es war ihre Frustration, dass sie schon wieder von Marc benutzt worden war. Es war die Trauer über die sich immer wieder einstellenden Pleiten in ihrem Leben. Was sie nicht erwartet hatte, war die Tatsache, dass ihr Mann sich sehr einfühlsam verhielt. Er beruhigte sie und versicherte ihr, dass er sofort Geld ans Hotel für alle anfallenden Kosten und für sie persönlich anweisen würde. Sie könne ganz beruhigt heute nach Hause fahren. Sie sollte noch mal den Wagen volltanken und auch für diese Kosten sollte sie sich von der Rezeption Bargeld aushändigen lassen, er würde das alles regeln.

Das war ihr Mann! Der Langweiler, der Beamten Typ, der am Morgen so geräuschvoll seine Brötchen kaute. Sie schämte sich so fürchterlich für das, was sie getan hatte.

In diesem Moment fühlte sie etwas, was sie schon seit vielen Jahren nicht mehr kannte, wenn sie an ihren Mann gedachte. Sie fühlte eine unendliche Dankbarkeit für seine Zuverlässigkeit, eine tiefe Zuneigung für das Leben, das er ihr all die Jahre geboten hatte. Sie erkannte erst jetzt, was sie in all den vielen Jahren als „selbstverständlich" angesehen hatte. Er war immer für sie da, auch wenn er beim Frühstück seine Zeitung las. Auch wenn er abends langweilig auf dem Sofa lag – er war da, für sie da. Er bot ihr nichts Spektakuläres, nein er bot ihr ein behütetes Leben und er bot ihr seine Gefühle, auch wenn diese anders waren, als sie es sich oft gewünscht hatte. Er bot ihr einen Alltag, der unbedingt lebenswert war. Vielleicht musste das mit Marc passieren, dass sie durch diesen Zwischenfall zu dieser Erkenntnis kam. Nichts im Leben war und ist perfekt, sie nicht, ihr Mann nicht, niemand. Aber von ihm hatte sie in all den Jahren ihrer Ehe immer verlangt, dass er fehlerfrei und makellos in ihre teilweise überzogenen und auch naiven Wunschvorstellungen passen sollte. Nie hatte sie sich gefragt, was er sich von ihr wünschte? Vielleicht mehr Zärtlichkeit, mehr Zuneigung, mehr Verständnis?

Sie wählte noch mal seine Nummer und flüsterte ins Telefon: „Danke, dass du für mich da bist, ich hab dich lieb!" Es dauerte lange, bis er antwortete. Das hatte er schon seit Jahren nicht mehr von ihr gehört.

Erleichtert legte sie auf und ging zur Polizei. Als sie am Revier ankam, hatte man dort bereits ihre kompletten Papiere und die Geldbörse abgegeben. Das als ebenfalls verlustig erklärte Mobiltelefon war natürlich nicht dabei, wie konnte es auch. Insgeheim dankte sie Gott oder dem Universum, egal, sie bedankte sich inbrünstig, dass wenigstens das so glimpflich abgegangen war. Nachdem sie die Anzeige bei der Polizei aufgegeben hatte, natürlich ohne den Schmuck anzugeben, machte sie sich auf den Weg zum Hotel, packte ihre Sachen zusammen und legte sich noch etwas hin.

Am späten Abend ging sie ins Restaurant und aß mit großem Appetit. Dann regelte sie an der Rezeption alles Notwendige. Ihr Mann hatte eine Blitzüberweisung getätigt. So hatte sie ausreichend Bargeld, um nach Hause fahren zu können.

Ein ganz neues Gefühl stellte sich bei ihr ein, eine Dankbarkeit, eine Zufriedenheit und ein unbekanntes, wenn auch kleines Glücksgefühl. Sie freute sich auf zu Hause und auf ihren Mann. Es war schon sehr lange her, dass sie sich so auf ihn gefreut.

Vielleicht musste alles so kommen. Vielleicht musste Susanne diesen Denkzettel erleben, sodass sie aus ihrer ewigen Unzufriedenheit erwachte, ihrer Stagnation des Lebens, ihrer Verdrossenheit, ihrem Gejammer über sich und über ihr ach so schlechtes Leben.

Wie ging diese Geschichte wohl weiter? Wir wissen es nicht, aber eines wissen wir mit Bestimmtheit, Susanne erkannte durch diese Episode, wer der wirkliche Partner an ihrer Seite war!

Nach zwei Jahren waren Susanne und ihr Mann noch mal an der Nordsee in Urlaub. Durch Zufall bekam sie eine ältere Tageszeitung in die Hände und es stockte ihr der Atem, denn darin stand, dass ein gewisser Marc Sch... – mit Foto – verhaftet worden war. Er hatte eine Frau nach dem gemeinsamen Beischlaf im Hotel in ihrem Zimmer ausgeraubt. Nach der Verhaftung stellte sich heraus, dass dieser Marc Sch... in den letzten Jahren mehrere Touristinnen nach einer Liebesnacht bestohlen hatte. Es gingen über 40 solcher Liebesdiebstähle auf sein Konto – und zu diesen 40 gehörte auch sie – Susanne!

In diesem Moment wusste sie nicht, was ihr mehr ausmachte, dass man ihn geschnappt hatte oder, dass sie nicht die Einzige war, die seine Liebeskünste erleben durfte!

Das Paradies gibt sich erst
dann als Paradies zu erkennen,
wenn wir daraus vertrieben wurden.

Hermann Hesse

Das Leben ist wie ein Konto, alles was man einzahlt, erhält man zurück

Dieser Satz beinhaltet so viel Wahrheit! Mit allem, was man in seinem Leben sät, ob gut oder böse, wird man am Ende seines Daseins wieder konfrontiert werden. Hat man nichts gesät, so kann man auch nichts ernten. Hat man Gutes verbreitet, so kommt es positiv zu einem zurück. War es aber nur Zank und Zwietracht, so wird einem diese Tatsache wieder einholen! Ganz gleich, ob man religiös oder ein Freigeist ist – diese Tatsache gilt für uns alle. Ob man es will oder nicht! Jeder bekommt das, was er sich in all den Jahren seines Lebens verdient hat!

So erging es auch meiner Freundin Nele. Sie durchlebte durch andere Menschen wirklich die Hölle auf Erden. Schlimme Lebensphasen begleiteten sie über viele Jahre lang. Und diese Geschichte möchte sie hier meinen Leserinnen und Lesern erzählen:

Hi, mein Name ist Nele. Mittlerweile bin ich wieder zu einer selbstbewussten Frau herangereift, die es endlich geschafft hat, nach all den schlimmen Jahren wieder gestärkt im Leben zu stehen. Es ist mir wahrlich nicht in den Schoß gefallen, mich neu zu festigen und dem Schicksal die Stirn zu bieten. Es war ein hartes Stück Arbeit für mich. Ich hatte auf dem Weg zu meiner jetzigen Stabilität und Kraft das Glück, eine Frau von einer Lebens-Coaching-Hotline an meiner Seite zu haben, die mich in den schlimmsten Phasen meines Lebens immer wieder aufgefangen hatte. Die mir Mut machte, das Leben zu meistern, es „im jetzt" so anzunehmen, wie es nun mal war und ist, um später, nach einem langen Reifeprozess es irgendwann wieder genießen zu können.

Als ich diese Frau durch Zufall kennenlernte, war ich ganz unten in meinem Leben angekommen. Mir ging es materiell, psychisch und physisch sehr schlecht. Sie baute mich in vielen Telefonaten gefühlvoll wieder auf. Sie hörte mir geduldig zu und zeigte mir neue Wege, die ich gehen konnte.

Oft stellte ich jammernd ihr immer und immer wieder die gleichen Fragen, die sie geduldig beantwortete. Und dann kam die Zeit, in denen ich wieder gestärkt war. Durch ihr Coaching erhielt ich die Kraft, mich zu festigen und zu entwickeln. Sie nahm mich all die Jahre bei der Hand und führte mich. Sie führte mich in ein Leben, das irgendwann einmal frei war von Vorwürfen, von Schuldzuweisungen, von negativen Gedanken und Ängsten, die mich so langsam aufzufressen drohten und die mir oft die Luft zum Atmen nahmen. Irgendwann war ich dann soweit, dass ich den Menschen verzeihen konnte, die versucht hatten, mein Leben zu ruinieren.

Heute bin ich eine zufriedene und glückliche Frau. Ich bin geerdet, stabil und ich habe wieder Freude am Leben! Ja, ich bin glücklich! Und wer kann das schon von sich behaupten. Aber das ist nicht der Inhalt meiner Geschichte, die ich ihnen nun erzählen darf.

Als junge Studentin war ich schon seit vielen Jahren auf mich alleine gestellt. Mein Vater hatte meine Mutter und mich verlassen. Damals war ich noch ein kleines Mädchen. Meine Mutter war inzwischen verstorben und ich war alleine, so richtig alleine. Aber ich wollte mich nicht unterkriegen lassen. Ich stellte ein sehr gutes Abi auf die Beine und beabsichtigte zu studieren. Daher beantragte ich BAföG für meinen Lebensunterhalt. Hinzu kam noch die kleine Waisenrente von meiner Mutter. Zu wenig zum Leben und zu viel zum Sterben. Denn wirklich gut konnte ich davon nicht leben und da ich Vollwaise war, hatte ich keine familiäre Unterstützung zu erwarten. Ich war arm wie eine Kirchenmaus, denn ich besaß nichts, keine Wertgegenstände, kein Geld, keine eigene Wohnung, daher lebte ich in einer WG. Aber ich hatte meinen Grips und den strengte ich sehr an.

Als ich das Jurastudium begann, war mir schon klar, dass da ein zeitlich sehr aufwendiges Studium zu bewältigen war. Ich wusste sehr wohl, dass die vor mir liegende

Zeit nicht einfach werden würde. Während meines Studiums war ich gezwungen, noch zusätzlich Geld zu verdienen. Tagsüber besuchte ich die Uni. Daher hatte ich eigentlich nur am Abend und an den Wochenenden Zeit, um das Geld für meinen Lebensunterhalt zu verdienen. Somit waren durch diese Kriterien die Möglichkeiten zu jobben, sehr eingeschränkt.

Eines Abends stellte ich mich in einer Bar vor und durch mein nicht unattraktives Äußeres bekam ich auch sofort diese Anstellung. Man bot mir an, dort zwei bis dreimal in der Woche zu arbeiten. Die Tätigkeiten zogen sich bis tief in die Nacht und an den Wochenenden kam ich erst am Morgen nach Hause. Das war schon ein hartes Pensum, das ich da zu bewältigen hatte. Aber ich schaffte es. Leider kamen irgendwann mehrere unvorhergesehene Ausgaben auf mich zu. Mein PC gab seinen Geist auf und dafür brauchte ich dringend Geld und das, was ich zusätzlich verdiente, reichte mal wieder nicht aus. Irgendwann las ich in einer Tageszeitung etwas über Telefonsex. Ich machte mich schlau und traf auf eine junge Frau, die eine Hotline ins Leben gerufen hatte. Dort fing ich an zu arbeiten. Es war schon angenehm, dass ich nun meine Arbeitszeiten nach meinen Bedürfnissen einteilen konnte und nicht mehr bis spät in der Nacht in Bars mein tägliches Brot verdienen musste. Meine Chefin schulte mich sehr ausgiebig, wie ich mich während der Anrufe der Kunden zu verhalten hatte. Es ist wirklich nicht so, dass bei so einer Line ausschließlich Männer anrufen, die dumm geil sind, nein es gibt auch genügend Einsame, die mit einer Frau reden wollen, um durch ihren Zuspruch ihr tristes Dasein erhellen zu können. Aber da waren natürlich auch die wirklich widerlichen Kerle. Ich hatte einige Greise und steinalte Kunden, die bestimmt keinen Zahn mehr im Mund und nix mehr in der Hose zu bieten hatten, die aber über ein sexistisches und ein frauenfeindliches Vokabular verfügten, dass es einem schlecht wurde. Wenn ein Anrufer gar zu primitiv und vulgär war, verhielt ich mich demonstrativ passiv, sodass er selbst das Gespräch beendete. Das wollte und musste ich mir nicht antun.

Man erwartete bei dieser Tätigkeit nicht nur Ein-fühlungsvermögen, sondern auch eine sehr gute Allgemeinbildung. Früher dachte ich immer, dass sich bei so einer Sex-Line nur extrem primitive Kerle aufgeilen wollten, aber das war zu meiner Überraschung nicht so häufig der Fall. Es riefen sehr viele Geschäftsleute, Akademiker und niveauvolle Männer an, oftmals von ihren Büros oder in den langweiligen Nächten im Hotelzimmer. Auch wenn sie noch so dringende körperliche Bedürfnisse hatten, wollten sich die meisten dieser Herren nicht durch eine dumme und ungebildete Schnepfe Erleichterung verschaffen. Die Anrufer erwarteten durch das intime Gespräch sexuell stimuliert und erregt zu werden und dafür zahlten sie auch horrende Preise. Schon bei den ersten Worten der Kontaktaufnahme entscheidet es sich, wie lange das Telefonat dauern wird. Eine erotische Stimme,

gepaart mit einer verlockenden und doch gepflegten Ausdrucksweise, ist die Grundlage einer erfolgreichen Tätigkeit in dieser Branche. Wenn die Dame am anderen Ende
des Telefons es geschickt handhabt, sind die Anrufer ge-
fangen und abhängig von den sexuellen Fantasien des
Dirty-Talks und sie rufen immer und immer wieder bei
dieser Frau an. Es ist keine Ausnahme, dass so einige Hun-
dert Euros im Laufe eines Monats den Besitzer wechseln.
Ein intelligenter Mann bevorzugt in den meisten Fällen
eine adäquate Partnerin und erwartet eine niveauvolle
Stimulation. Die landesübliche Meinung, dass sich hinter
den Frauen einer Telefonsexhotline nur zahnlose, alte,
fette und bügelnde Tussen verbergen, ist wirklich nur ein
dummes Klischee. Die Damen müssen sich sehr gefühlvoll
auf jeden einzelnen Kunden einstellen, auf seine Neigun-
gen, seine Wünsche und seine Bedürfnisse, nur so rollt
der Rubel. Handhabt die Calerin das geschickt, so verdient sie gutes Geld, denn ein zufriedener Mann zahlt oft
horrende Summen für seine Vorlieben. In manchen Nächten glühte mein Telefon und meine zufriedenen Stammkunden ermöglichten mir so ein gutes Einkommen.

So startete ich diese Karriere – und wurde mit den
Jahren sehr erfolgreich. Endlich musste ich nicht mehr
bis zum frühen Morgen in der Bar stehen und mich von
den besoffenen Kerlen an grapschen lassen. Meine Arbeit
als Calerin bei der Hotline brachte mir das erwünschte
zusätzliche Geld zum Leben und ich konnte dabei mich
besser auf mein Studium vorbereiten, da ich von zu Hause

aus arbeiten konnte. Das war sehr vorteilhaft, denn so konnte ich mir mit meiner Ausbildung etwas mehr Zeit lassen. Mir ging es damals wirklich sehr gut.

Eines Abends bat mich eine frühere Kollegin, sie ausnahmsweise in der Bar zu vertreten. Und als ob es so hätte sein sollen, an diesem Abend lernte ich meinen späteren Mann kennen. Er war ein junger Kerl, hieß Sebastian, nicht sehr auffällig und gar nicht mein Typ. Er saß am Tresen und hatte wohl Probleme, denn er wirkte sehr niedergeschlagen. Wir kamen ins Gespräch. Er erzählte von seinem Leben, von seiner Familie, seinen Eltern und von seinen Frustrationen. Ich erschrak über das, was ich von ihm hörte. Solche Eltern hätte ich niemals haben wollen. Spießer hoch zehn, verlogene Moralapostel, altmodisch und jedem Modernen absolut ablehnend gegenüberstehend.

Sebastian war mittlerweile 25 und immer noch total von seinen Eltern abhängig. Gleich zu Beginn unserer Unterhaltung hatte ich das Gefühl, dass er ein verwöhntes Bübchen war. Er studierte, ohne dabei zu jobben. Daher war es nicht verwunderlich, dass seine Eltern seine Abhängigkeit richtig zelebrierten, um ihn dadurch an der kurzen Leine zu halten.

Für einen jungen Mann in seinem Alter war es schon deprimierend, so leben zu müssen, bei Mama zu Hause, an ihrem Schürzenzipfel hängend. Aber mein Mitleid hielt sich in Grenzen, denn jeder ist ja bekanntlich seines Glückes Schmied. Er hätte besser sein Studium in Eigeninitiative finanziert, so wie ich das auch seit Jahren handhaben musste, dann wäre er von seinem Elternhaus unabhängig gewesen. Aber der kleine Prinz schaffte das nicht. Daher wählte er den einfacheren Weg, nicht zu jobben, die Kohle von den Alten zu bekommen, aber dafür mit Daumenschrauben leben zu müssen.

Schnell stellte sich am Ende dieses Abends zwischen uns die berühmte Frage: **„Gehen wir zu dir oder zu mir?"** Wir gingen natürlich zu mir, wo hätten wir denn sonst hingehen sollen, zu seinen Eltern? Wir verliebten uns ineinander! Wie konnte es auch anders sein? Er liebte an mir meine Stärke. Vielleicht war es auch die Geborgenheit, die ich ihm signalisierte. Und ich liebte an ihm seine Ehrlichkeit, die ich bei Männern bisher so oft vermisst hatte. Er war kein bisschen raffiniert, im Gegenteil, er kam fast etwas naiv rüber. Aber dieses Unversaute, das liebte ich besonders an ihm.

Als wir uns ein Jahr kannten und er mehr oder weniger bei mir lebte, plante er mich seinen Eltern vorzustellen. So richtig spießig wurden wir an einem Sonntagnachmittag zum Kaffee eingeladen. Ich besorgte Blumen für die Dame des Hauses und dem Vater von Sebastian kaufte ich eine sündhaft teure Flasche Wein. Eigentlich hätte ich mir das alles ersparen können, denn man lehnte mich sofort ab. Unfreundlich wurde ich mit der bissigen Bemerkung empfangen: „Ach, sie sind die Frau, die uns unseren Sebastian entfremdet hat." Danke, das saß! Aber ich war mir keiner Schuld bewusst. Schließlich war er ein erwachsener Mann und konnte sein eigenes Leben nach seinen Bedürfnissen selbst gestalten.

Sebastian mutierte in der Nähe seiner Eltern sofort zum Kleinkind, das keinen eigenen Willen mehr besaß. Mich erdrückte diese ganze Situation. So ganz tief im Geheimen hatte ich erhofft, dort eine neue Familie zu finden, bei der ich die Geborgenheit erleben durfte, die ich so sehnsüchtig suchte. Sein Vater verhielt sich mir gegenüber ziemlich neutral. Er war ein kleinkarierter Spießbürger, dem man seine Hinterhältigkeit und dumme Geilheit sofort ansah. An diesem Mittag spielte der die Rolle des braven Familienvaters, was ihn aber nicht daran hinderte, mir gleich in den Ausschnitt zu starren. Es widerte mich an. Sebastians Mutter machte sofort ein saures Gesicht. Sie war eine kleine, hagere Frau mit mausgrauem Kurzhaarschnitt, total unerotisch und verbissen. Ohne bösartig erscheinen zu wollen, aber sie hatte bestimmt ein Leben lang die Beine zusammengepresst, wenn sich ihr Mann ihr näherte. Man sah ihr an, dass sie von ihrem Leben enttäuscht war. Mein erstes Gefühl sagte mir sofort, dass sie eine ständig beschissene Ehefrau war, die das auch wusste und die es sich still leidend all die vielen Jahre hindurch hatte gefallen lassen. Als sie den Blick ihres Mannes auf meine Brust gerichtet sah, hatte ich es sofort bei ihr für alle Zeit verschissen. Sie lehnte mich ab. So viel dralle Jugend wollte sie nicht in ihrem Hause haben.

Ich bin wirklich keine Schönheit, aber auch nicht hässlich. Mein plus sind meine wohlgeformten Rundungen, denen ihr Sohn vom ersten Tag unserer Begegnung an verfallen war. Benjamins Mutter schien das zu spüren. Sie fühlte sofort, dass ihr Sohn mir hörig war. Dass ich die Weiblichkeit besaß, die sie nicht ihr Eigen nennen konnte, brachte sie total gegen mich auf. Sie ließ ständig durchblicken, dass ich nur eine gewöhnliche, ordinäre, dumme junge Frau sei. Dass ich Abitur hatte und Jura studierte, das interessierte sie nicht. Die Sinnlichkeit, die ihr Sohn an mit liebte und auf die er nicht mehr verzichten wollte, die hatte sie mit Sicherheit niemals gehabt. Trotz meiner Kurven hatte ich einem Mann mehr zu bieten, als nur billigen Sex, denn durch meine Tätigkeiten als Calerin bei der Telefonsex-Hotline hatte ich schnell gelernt, was Kerle sich von Frauen an Sexualität wünschen. Schließlich saß ich ja an der Quelle des Lebens und genau diese unausgesprochenen Wünsche von Benjamin, die erfüllte ich ihm. So konnte er durch mich lernen, wie schön Sexualität sein konnte.

Benjamins Mutter sah die große aufkommende Gefahr, die durch mich in ihr Haus gekommen war. Als Frau und Mutter kannte sie ihren Sohn und auch ihren Alten. Sie sah, dass ihr geiler Bock leider an mir sehr großen Gefallen gefunden zu hatte, was mich sehr stark belastete. Er und sein ekliger Mundgeruch widerten mich an. Das Leben und die Zweisamkeit mit Benjamin waren wunderschön, aber dass dieser alte geile Kerl sofort auf mich abfuhr, das war weniger angenehm. Leider registrierte das seine verbissene Frau sofort.

Benjamins Vater fixierte mich bei jedem der wenigen Besuche in seinem Haus ständig mit seinen kleinen, gierigen, ausgehungerten und hinterhältigen Augen. Hinter seiner schwarzen, altmodischen Hornbrille konnte ich genau erkennen, welche Wünsche er hegte, wenn er mich ansah. Ich hatte bei der Line schon zur Genüge solch alte Kerle genossen und von daher kannte ich ihre primitive Gedanken und ihre ekligen geheimen Fantasien. Man kann es sicherlich nachvollziehen, dass es immer mein Bestreben war, diese primitiven Böcke schnellstens abzuwimmeln, denn so eklig wollte ich mein Geld nicht verdienen müssen und jetzt sollte ich so was in der Familie haben? Es würgte mich!

Der komplette Nachmittag meines Antrittsbesuches war nur ein einziger Eklat! Es war der Anfang vom Ende! Es war der Beginn meiner Leidenszeit und das alles nur, weil diese Alte mir meine Jugend und meinen Körper nicht gönnte. Sukzessive erwachte in mir das Gefühl, dass ich es den beiden Alten noch zeigen würde. Von nun an setzte ich alles daran, dass Benjamin mich heiratete. Klar war, dass ich nicht viel zu tun brauchte, um mein Ziel zu erreichen, denn er war sowieso von mir besessen. Wir heirateten ganz schnell und natürlich heimlich.

Als wir die beiden Alten mit unserer Eheschließung konfrontierten, brach für diese Spießer eine Welt zusammen. Der eigene Sohn hatte sich gegen sie gestellt. Er hatte sich entschieden für eine Frau mit einem dicken, ordinären Busen und einem Hintern, der viele männliche Wahnvorstellungen hervorzauberte. Alles in allem, sie stempelten mich weiterhin nur als eine vulgäre und primitive Frau ab. Aber das war ich nicht, niemals! Ich arbeitete zwar noch immer mit der Sex-Hotline zusammen, denn irgendwie musste ich ja auch das Geld für uns verdienen, schließlich war unser Studium noch nicht beendet. Benjamins Eltern hatten ihm natürlich sofort ihre finanzielle Unterstützung gesperrt, als sie von unserer Verheiratung hörten. Das war ja auch zu erwarten. Aber dadurch wurde der finanzielle Engpass in unserer Ehe wirklich zum Problem, denn arbeiten und studieren das brachte das verwöhnte Söhnchen nicht zustande. Alles hing nur an mir.

Dann wurde ich schwanger. Ich bin ehrlich, ich hatte Benjamin reingelegt. Denn ich wollte seinen Eltern mit dem Kind eine Lektion erteilen. Bereits während der Schwangerschaft musste ich leider immer wieder erkennen, dass mein Benjamin überhaupt nicht belastbar war, denn obwohl ich schwanger war, unterstützte er mich nicht. In dieser Zeit konnte ich die Doppelbelastung von Studium und Arbeit in dem Maße nicht mehr tragen. Dazu hatte ich nicht mehr die Kraft, wie in all den vergangenen Jahren. Als ich ihn bat doch einen Job anzunehmen, war er dazu nicht in der Lage.

Immer mehr flüchtete er sich zu seiner Mama, um ihr zu erzählen, wie hart das Leben war, wenn man sich selbst ernähren musste. Wenn ich das schon hörte, als ob er in all den vergangenen Jahren nur einen Tag neben seinem Studium gearbeitet hätte. Ich war es doch, die unsere kleine Familie bisher alleine ernährt hatte. Aufgrund seiner Faulheit und Schwäche war ich immer mehr gezwungen, mit hochschwangeren Bauch weiterhin am Telefon die ab und zu auch versauten Fantasien von Männern anzuhören, nur damit unseren Lebensunterhalt gesichert war. Die Babyausstattung kostet ja auch eine Stange Geld und als das Kind geboren war, fiel ich als Hauptverdiener längere Zeit aus.

Unsere Tochter erblickte das Licht der Welt - eine kleine, süße Prinzessin, die mich sehr glücklich machte. Diesem Kind schenkte ich sofort meine ganze Liebe. Sie war die große Liebe meines Lebens! Mein Mann Benjamin konnte so einen Status aufgrund seiner Unzuverlässigkeit bei mir niemals erreichen und das wusste er auch. Wir jungen naiven Eltern waren nun der Meinung, dass dieses Kind die Alten mit uns versöhnen würde. Aber weit gefehlt.

Als wir unsere kleine Tochter den Großeltern vorstellten, war die Ablehnung groß. Das arme, kleine Würmchen hatte in ihrem jungen Leben doch noch gar nichts verbrochen und schon wurde die Kleine von diesen beiden zänkischen Alten abgelehnt. Benjamins Mutter sagte voller Abscheu, dass dieses Kind mein primitives und gewöhnliches Gesicht und meinen ordinären Mund geerbt hätte. Das traf mich tief!

Wir distanzierten uns immer mehr von seinen Eltern – das dachte ich jedenfalls. Was ich nicht wusste, war die Tatsache, dass Benjamin heimlich zu seiner Mutter ging und jammerte, dass er das Kind am Abend versorgen musste. Aufgrund unserer Geldnot war ich wieder gezwungen noch zusätzlich zu meinem Studium und der Hotline nun auch noch am Wochenende abends in der Bar zu arbeiten. Nur ich alleine musste das Geld herbeischaffen, so war es ja schon immer gewesen, denn Benjamin trug zu unserem Lebensunterhalt nach wie vor nichts bei. Er nahm immer nur! Wenn ich dann todmüde nach Hause kam, dann loggte ich mich wieder in der Line ein und arbeitete in den Telefonpausen noch für mein Studium. Benjamin gab viel Geld aus, er kaufte und kaufte, und ich musste nach wie vor sehen, dass ich das Geld herbeischaffte, um all seine Schulden zu bezahlen. Irgendwann eskalierte alles.

Es kam der Tag, da brach ich zusammen. Physisch und psychisch war ich total am Ende. Man lieferte mich in eine psychiatrische Klinik ein. Wegen der vielen Medikamente, die ich dort verabreicht bekam, lebte ich nur noch wie im Nebel. Benjamin hatte mir damals in der Klinik hoch und heilig versprochen, sich um unser Kind zu kümmern. Was er aber nicht tat.

Irgendwann erhielt ich während meines Klinikaufenthaltes von einem Anwalt ein Schreiben, dass mein Mann die Scheidung eingereicht hatte und das Sorgerecht für unsere Kleine ihm und seinen Eltern vorübergehend zugesprochen worden war. „Aufgrund meiner Krankheit, die nun schon viele Monate dauerte, sei ich nicht in der Lage, mich um das Kind zu kümmern", stand auf diesem schrecklichen Papier des Vor-mundschaftsgerichtes. Außerdem seien mein Mann und ich total verschuldet und die Schwiegereltern hätten die Schulden für uns bezahlt.

Nun brach ich total zusammen. Meine geliebte Kleine war in den Händen von diesen beiden widerwärtigen Alten. Mein Mann war zu schwach, um alleine für das Kind zu sorgen. Er war wie immer in seinem Leben den einfacheren Weg gegangen und hatte das Kind seiner Mutter überlassen. Aufgrund der Tätigkeit meines Schwiegervaters, er war Rektor eines Gymnasiums, bekam das Ehepaar, trotz seines Alters, natürlich problemlos das Sorgerecht für meine Kleine. Sie hatten natürlich den besten Leumund. Das Kind würde, laut Jugendamt, dort in den besten Händen sein. Aber was bedeutete das schon? Ein Kind braucht nicht nur Ordnung, Essen und Trinken, nein es braucht auch Liebe und Fürsorge und das hatte mein armes Würmchen bei diesen beiden Alten bestimmt nicht.

Mein armes Kind. Ich konnte mich gegen diese Anordnung nicht wehren. Mein Anwalt sah keine Möglichkeit, das zu unterbinden. Vielleicht hatte er auch gar kein Interesse daran, mir, einer psychisch Kranken, einer Frau, die nach seiner Meinung nach im Kopf krank war, zu helfen. Es kam, wie es kommen musste, ich unternahm einen Selbstmordversuch. Als ich damals dann erwachte, dachte ich verzweifelt, dass das leider schiefgegangen war. Ich wäre lieber tot gewesen, als so noch weiter zu leben, denn ich konnte es nicht mit ansehen, dass meine Kleine in den Klauen dieser beiden Alten war.

Keiner der Therapeuten erkannte meinen Hilferuf, keiner! Stattdessen wurde ich weiterhin mit starken Medikamenten vollgestopft. Das war schon damals bei dieser Art von Kliniken an der Tagesordnung und hat sich leider bis heute nicht wesentlich verändert. Die Menschen, die psychische Hilfe benötigen, werden einfach nur ruhig gestellt. Das erspart den Krankenkassen teure therapeutische Behandlungen. Aber wie soll man da wieder seinen Weg in den Alltag finden? Irgendwie schaffte ich es aus diesem Tief herauszukommen, aus dem Tal der Tränen.

Nach meiner Rückkehr in den Alltag nahm ich mir eine kleine Wohnung, die vorerst das Sozialamt bezahlte. Dann meldete ich mich wieder bei der Hotline an und als meine damaligen Stammkunden bemerkten, dass ich wieder eingeloggt war, hatte ich sofort meinen gewohnten Kundenstamm und ich erholte mich finanziell sehr schnell. Immer wieder versuchte ich in dieser Zeit das Sorgerecht oder zumindest das Teilsorgerecht für meine Tochter zu bekommen.

Es stand mal wieder eine Verhandlung an und wir waren alle vorgeladen. Das Jugendamt, mein Ex-Mann, meine Schwiegereltern und natürlich auch ich. Das triumphierende, bösartige, faltige Gesicht meiner Ex-Schwiegermutter werde ich niemals vergessen, als sie mich ansah. Benjamin schaute nur unter sich. Er war nicht imstande mir in die Augen zu sehen. Diesmal hatte ich eine Anwältin, die es gut mit mir meinte und wir waren auf dem besten Weg es diesmal zu schaffen, dass ich zumindest gemeinsam mit meinen Schwiegereltern über das Wohl meiner Tochter entscheiden dürfte.

Dann passierte das Unfassbare. Die alte Hexe stand auf und meldete sich zu Wort. Lautstark verkündete diese bösartige und verbittere Xanthippe dem Gericht, dass ich auf keinen Fall das Recht hätte, die Vormundschaft des Kindes zu erlangen, da ich einen unsoliden Lebenswandel führen würde. Man fragte nach, wie dieser denn aussehen würde. Ich schaute verständnislos drein, da ich mir keiner Schuld bewusst war. Mit erhobenem Haupt stand ich da und bat um Aufklärung. Da drehte die Alte Hexe sich zu mir herum und schmettere mir voller

Hass und Abscheu entgegen, dass ich nachts in Bars rumfliegen und mit Telefonsex mein Geld verdienen würde. Dann wurde es schwarz um mich herum.

Es war wie ein Schlag ins Gesicht. Woher wusste sie das mit der Line? Als ich wieder zu mir kam, sah ich fragend zu Benjamin rüber. Er schaute nur auf den Boden. Seinen hochroten Kopf traute er nicht zu erheben. Dieser Feigling. Er hatte mich verraten. Mich, die ihn über Jahre ernährt hatte, mich hatte er verraten mit Dingen, die so überhaupt nicht stimmten. Ich flog nicht nachts in Bars rum, nein ich arbeitete dort, um damals unsere Schulden bezahlen zu können und heute, um mein wieder begonnenes Studium zu finanzieren. Diese alte Furie konnte sich nicht vorstellen, wie demütigend es war, wenn man dort von solchen Männern an den Hintern gegriffen bekam, die ebenso dumm geil wie ihr eigener Ehemann waren. Denn genau diese Spießer, diese alten Scheinheiligen, diese verlogenen Moralapostel, das waren die Schlimmsten. Zu Hause fand bei diesen Ehepaaren schon lange kein Sex mehr statt und daher, wehe, wenn sie losgelassen waren, dann wurden sie hemmungslos. Und von Telefonsex hatte die Alte überhaupt keine Ahnung. Sicherlich dachte sie, dass ich dort als Prostituierte arbeitete. Sie war ja zu dumm und naiv, um das auseinanderhalten zu können.

Um es kurz zu machen, ich bekam natürlich die Teilvormundschaft für meine Tochter aufgrund meines unsoliden Lebenswandels nicht und mir wurde auch kein Besuchsrecht eingeräumt. Man wollte das Kind vor seiner verwahrlosten und unmoralischen Mutter schützen.

Wieder hatte das Schicksal hart zugeschlagen. Erneut wurde ich krank. Ein weiterer Sanatoriums Aufenthalt war die Folge und abermals musste ich mein Studium abbrechen. Diesmal hatte ich aber Glück. Ich fand eine Therapeutin, die mich nicht mit Medikamenten ruhig stellte. Sie arbeitete sehr intensiv mit mir und als ich nach vier Monaten entlassen wurde, war ich endlich fähig, wieder mein Leben in die Hand zunehmen.

Zwischenzeitlich hörte ich von einer anderen Hotline, deren Mitarbeiter Lebenshilfe leisteten (zu Beginn meiner Erzählung bin ich schon darauf eingegangen). Dort fand ich eine Frau, die die Geduld und das Einfühlungsvermögen aufbrachte, um mir zu helfen, mich zu stützen und aufzubauen! Diese Frau, die ich immer als meinen rettenden Engel ansah, verhalf mir zu einer Stellung in einem Hotel in Frankfurt.

Schnell packte ich meine sieben Sachen zusammen und zog von dem spießigen Kaff, in dem ich sowieso nicht mehr aufgrund meines schlechten Rufes Fuß fassen konnte, nach Frankfurt. Dort hatte ich endlich Glück. Ich las eine Anzeige in einer Tageszeitung, in der eine alleinstehende Frau eine WG mit einer anderen Frau – ohne sexuelles Interesse – gründen wollte. Als wir uns trafen, spürten wir sofort eine große Sympathie auf beiden Seiten. Noch heute, nach mehr als sechs Jahren, leben wir noch immer in dieser Wohnung zusammen. Wir achten uns und haben Respekt vor dem anderen. In all den schlimmen Zeiten, die ich immer wieder ohne mein Kind durchleben musste, war sie für mich da. Dafür liebe ich sie. Bei ihr hatte ich die kleine Familie gefunden, die ich mir immer so gewünscht hatte.

In den kommenden Monaten hatte ich mich im Hotel nach oben gearbeitet. Dumm war ich ja noch nie gewesen und aufgrund meines Studiums, auch wenn es nicht abgeschlossen war, hatte man Vertrauen in meine Arbeitskraft. Man bot mir die Position einer Empfangschefin an.

Dann kam der Tag X, der mein Leben erneut veränderte. Eines Morgens schaute ich die Anmeldungen unserer Gäste durch und überflog die Liste der Seminarteilnehmer, die bei uns tagten. Mein Herz stockte bei dem, was ich da las! Da stand doch tatsächlich der Name meines Ex-Schwiegervaters – dieser Name war so spießig und erzkonservativ wie er selbst: Herr Professor h.c. Dr. Friedbert Johannes Eberhard Klingler. Mir war bisher gar nicht bekannt, dass er promoviert hatte und, dass er einen Professorentitel „ehrenhalber" besaß. Das schlug dem Fass den Boden aus. Dieses Pack, diese Familie hatten mein Leben zerstört und er trug einen Titel „ehrenhalber" – sicherlich hatte er sich den erkauft. Ich suchte nach der Bezeichnung des Seminars, das dort abgehalten wurde. Schlimmer hätte es nicht kommen können. Meine

Augen mussten das Unfassbare lesen: „Verein christlicher junger Männer e. V.", unter Vorsitz des Ehrenvorsitzenden Herrn Professor h.c. Dr. Friedbert Johannes Eberhard Klingler.

„Dieser Pharisäer", schrie es in mir, da hatten sie ja den Bock zum Gärtner gemacht. Dieser alte, geile Sack, der mich während meiner wenigen Besuche in seinem Haus förmlich mit den Augen ausgezogen, der sich immer schleimig ganz eng an mir vorbei gedrückt hatte, war Ehrenvorsitzender dieses Vereins. Und dieser alte Schleimer durfte mit seiner bösartigen Frau mein Kind erziehen, mein Kind!

Als ich aufschaute, sah ich einige junge Männer im Hotelfoyer stehen. Und mitten drinnen stand mein Ex-Schwiegervater. Protzig, eklig, spießig, konservativ und unsympathisch. Ich fühlte, wie der altbekannte Ekel gegen ihn in mir aufstieg. Es war zum Kotzen, als ich ihn sah. Schnell bat ich eine Kollegin mich zu vertreten.

Er hatte mich zum Glück nicht gesehen. Der Schock war groß, ich musste das alles erst verdauen. Diese Tagungsgäste würden noch bis zum Freitag in unserem Hotel verweilen und heute war erst Dienstag. Wie sollte ich das schaffen, damit er mich in dieser Zeit nicht sah? Was sollte ich tun, dass ich für ihn unerkannt bleiben konnte? Aber das Schicksal meinte es auch diesmal gut mit mir.

Am Abend, als ich im Empfang stand, kam eine junge, attraktive Frau zu mir und fragte nach der Zimmernummer von Herrn Professor h.c. Dr. Friedbert Johannes Eberhard Klingler. Auch wenn sie sehr gepflegt und wirklich nicht abgetakelt aussah – ich erkannte es sofort – sie war eine Prostituierte. Dieser alte Rammler, er war sich so sicher, dass ihm hier in Frankfurt nichts passieren konnte, dass er dieser Frau noch nicht mal seine Zimmernummer gesagt hatte, um alles diskret abzuwickeln. Nein, er verlangte, dass sie von der Rezeption sogar noch bei ihm telefonisch angemeldet wurde. Ich kann nicht beschreiben, was ich fühlte, als er sich am Telefon meldete: „Ja bitte, hier Prof. Dr. Klingler!" Und jedes Wort war natürlich langsam und mehr als deutlich formuliert worden. Er klang so widerlich mit seiner nasalen Spießer Stimme. Meine Wut und mein Abscheu wuchsen ins Unermessliche! Und diesem alten Kerl musste ich meine Kleine anvertrauen. Was war, wenn er sie missbrauchte? Solche Hirngespinste schossen mir in diesem Moment durch den Kopf. Das war schon wirklich schlimm, was ich dachte, aber ich fand einfach keinen normalen Gedanken mehr. Ich sah nur noch diesen Scheißkerl und diese Nutte und dann drehte ich durch. Eines wurde mir in diesem Moment klar, ich wollte, dass er fallen würde. Dieser Ehren Spießbürger dieser Kleinstadt sollte fallen, und zwar sehr tief und mit ihm sein bissiges, altes Weib, die es mir versagt hatte, dass meine Kleine bei mir leben durfte.

Dann hatte ich eine Idee! Ich wusste, dass mich das meinen Job kosten würde, aber es war mir egal. Schnell informierte ich die ansässige Presse, dass sich in unserem Hotel der ehrenwerte Herr Professor h.c. Dr. Friedbert Johannes Eberhard Klingler vom Verein christlicher junger Männer mit einer sehr jungen Prostituierten vergnügen würde. Alles passte, ich musste nicht lange betteln, um einen Besuch der Reporter zu erreichen. Zwei Pressevertreter standen ein paar Minuten später bei mir am Tresen. Zum Glück war ich alleine.

Aber wie sollte ich vorgehen? Alles, was ich hätte tun können, um ihn zu brüskieren, grenzte an Hausfriedensbruch und Freiheitsberaubung. Und das bei meinem Vorleben – da würde ich direkt in den Bau gehen und meine Tochter wäre noch immer in den Händen dieser Kreaturen. Aber der eine der beiden Reporter hatte dann eine wirklich grandiose Idee. Er fragte mich, ob ich eventuell die Möglichkeit hätte, einen Feueralarm auszulösen? Da wäre der Erfolg sicher, dass der Kerl aus seinem Schlupfloch kommen würde und man ihn fotografieren könnte. Denn jeder Gast würde bei einem Alarm in Panik auf den Gang rennen, um sich in Sicherheit zu bringen. Solche Dinge hätten sie schon öfter praktiziert und manch etablierter Saubermann wäre dann über seine eigene heruntergelassene Unterhose gefallen. Man hätte in diesem Stil die besten Storys mit den aussagefähigsten Fotos gemacht und die Zeitung würde sich das auch was kosten lassen. Aber ich wollte kein Geld, ich wollte nur den Absturz dieses Kotzbrockens!

Mir war alles recht! Ich wollte nur, dass dieser Ehren Spießbürger, der dort oben bei uns im Hotel sich mit einer Prostituierten vergnügte, von seinem hohen Ross fallen sollte. Ich wollte ihn zermalmen. Die Welt sollte endlich erfahren, welch ein Schwein er eigentlich war. Dann ging alles ganz schnell. Das Zimmer meines Ex-Schwiegervaters lag im 10. Stock. Das sei günstig, meinte der Reporter, in dieser Höhe würde jeder Mensch bei einem Feueralarm sofort um sein Leben rennen. Die beiden Reporter positionierten sich so in dem Gang der 10. Etage, dass beide die Zimmertür von Herrn Professor h.c. Dr. Friedbert Johannes Eberhard Klingler im Visier hatten. Jeder platzierte sich auf einer Seite der Türe und wenn diese von ihm in Panik aufgerissen werden würde, um sich in Sicherheit zu bringen, sollte der erste in das Zimmer spurten und dort das zerwühlte Bett ablichten und der zweite den ehrenwerten Herrn Professor h.c. fotografieren, wie er – hoffentlich – um sein Leben rennen würde. Meine bisherigen Skrupel waren wie weggeblasen, ich hatte überhaupt keine Angst mehr vor dem, was nun folgte. Mir war alles egal! Ich wollte nur, dass es bekannt werden würde, was dieser ehrenwerte, alte Knacker, dieser Wolf im Schafspelz hier in diesem Hotelzimmer tat, dieser Herr Saubermann aus Bayern.

Angespannt verfolgte ich die Liftanzeige und sah, dass die beiden Reporter im 10. Stock angekommen waren. Dann wartete ich noch kurz, atmete tief durch, schloss die Augen und betete zum Himmel: „Bitte lieber Gott, hilf mir. Bitte lass mich nicht im Stich, lass es gelingen!"

Dann drückte ich den Feueralarm!

Mein Herz pochte! Alles war getan! Nun konnte ich nicht mehr zurück! Jetzt ging es um die Wurst! Ich wollte gewinnen, ich musste gewinnen! Es sollte endlich zu Ende gehen, dieses so unsagbar schmutzige Spiel, das meine Schwiegereltern über Jahre mit mir gespielt hatten.

Was dann passierte, durfte ich leider selbst nicht miterleben. Vorwegnehmen möchte ich noch, dass ich aufgrund dessen, was ich da veranlasst hatte, natürlich meinen Job verlor. Aber ich hatte ja meine Telefon-Line, durch die ich mich wieder über Wasser halten konnte. Egal, es war mir die Sache wert!

Im 10. Stock des Hotels lief alles nach Plan! Kaum war die Sirene ertönt, da rissen alle Gäste gleichzeitig, voller Panik die Zimmertüren auf und stürmten heraus. So wie sie waren, im Nachthemd, im Schlafanzug, im Bademantel – und alle rannten sie um ihr Leben. Und am schnellsten rannte Herr Professor h.c. Dr. Friedbert Johannes Eberhard Klingler! Er riss die Türe auf und stürmte los, in ekliger, unförmiger Unterwäsche, in schlabbernder Unterhose und Achselunterhemdchen, mit Kalk weißen, haarigen Beinen, dunkelgrauen, langen Kniestrümpfen und einem grau weißen, alten, untrainierten Körper. Er lief in seiner dezenten Spießer Unterwäsche, Marke weiß Feinripp um sein Leben und – direkt in das Blitzlichtgewitter des einen Fotografen! Zuerst erkannte dieser Spießer die Situation nicht. Aber dann dämmerte es ihm! Er schlug die Hände vor sein Gesicht und rannte wie von Sinnen davon, verfolgt von dem einem Fotografen, der seinen Finger nur noch auf dem Auslöser der Kamera hatte.

Der zweite Reporter war mittlerweile in das Zimmer eingedrungen und hatte die junge Frau ganz schnell darüber informiert, was hier vonstattenging. Er rief ihr zu, dass sie keine Angst zu haben brauchte, das sei kein echter Alarm und ob sie sich eine leichte Mark verdienen wollte.

Und die Kleine wollte!

Und wie sie wollte!

Später sagte sie dann bei der Verhandlung gegen Herrn Professor h.c. Dr. Friedbert Johannes Eberhard Klingler aus, als es erneut um das Sorgerecht meiner kleinen Tochter ging. Sie schilderte genau den Ablauf des Abends und dabei stellte sich heraus, dass sie diesen Herr Professor h.c. Dr. Friedbert Johannes Eberhard Klingler schon seit vielen Jahren während seiner Aufenthalte in Frankfurt „bediente"!

Ich werde niemals das eingefallene alte, runzelige Gesicht meiner Ex-Schwiegermutter vergessen, als sie das hörte. Wie ich ihr diese Schmach gönnte! Als aber die Schilderungen dieser jungen Frau aus Frankfurter immer deutlicher und drastischer wurden und sie erzählte, seit wie vielen Jahren sie mit ihm seine üblen Sexspielchen in Hotels in ganz Deutschland spielte, da bekam meine Ex-Schwiegermutter einen Weinkrampf. Die junge Frau fügte noch hinzu, dass sie zu Beginn dieser Treffen noch minderjährig gewesen sei. Meine Ex-Schwiegermutter hörte stumm und zusammengesunken diesen Erzählungen und Schilderungen der Spielchen mit dem alten Kerl zu. Ich bin mir sicher, dass sie nicht alle aufgeführten Sexspielchen überhaupt vom Inhalt her verstanden hatte. Selbst mir, die von der Sex-Hotline her einiges gewohnt war, verschlug es die Sprache. So ein Schwein war er. Mein Ex-Schwiegervater saß Kreide weiß, mit unbeweglichem und eingefallenem Gesicht, auf seinem Stuhl. Wie ich diesen alten Kerl verabscheute, diesen scheinheiligen Patron. Mein Ex-Mann schaute, wie immer, wenn es unangenehm wurde, geistesabwesend auf den Fußboden.

Seltsamerweise hatte ich jetzt in dieser Situation sogar richtig Mitleid mit meiner Ex-Schwiegermutter. Sie hatte ihr ganzes Leben nach diesem Widerling ausgerichtet. Sie hatte nur so gelebt, wie er es wollte. Immer in der zweiten Reihe des Lebens, damit er in der ersten brillieren konnte und nun bekam sie von ihm zum Dank eine ins Gesicht geschlagen. Immer war sie dazu verdammt gewesen zu sparen und das Geld zusammen zu halten. Bei jedem neuen Kleid und Friseurbesuch musste sie um das Geld dafür betteln, aber er gab die Flocken für seine Nutten mit beiden Händen aus. Er hatte seine Frau ein Leben lang bewusst klein und vor allen Dingen dumm gehalten, damit sie ihm keine Schwierigkeiten machen konnte. Er hatte, wenn man mal ehrlich war, ihr Leben gestohlen. Aber zu allen Handlungen gehören immer zwei, einer, der es tut und der andere, der es mit sich machen lässt.

Und was war nach der Presseveröffentlichung so alles passiert? Sicherlich warten sie, liebe Leserinnen und Leser, schon gespannt auf meine Schilderungen. Diese spektakulären Fotos der Frankfurter Reporter gingen in Bayern durch die Presse. Nein, nicht nur in Bayern, in ganz Deutschland lachte man über diesen alten, geilen Pharisäer, Herr Professor h.c. Dr. Friedbert Johannes Eberhard Klingler, dem Ehrenvorsitzenden des Vereins junger, christlicher Männer! Die überregionale Tages-zeitung mit den großen roten Buchstaben hatte ihn „ganz groß rausgebracht", mit den allerschönsten Fotos des Zwischenfalles. Man sah ihn in seiner Spießer-Unterwäsche um sein Leben rennen. Man sah, wie er die Hände vor sein Gesicht geschlagen hatte, wie er versuchte, sich vor den Reportern zu schützen und wie er um sein armseliges Leben hastete, in langen, dunkelgrauen, selbstgestrickten Socken seiner Frau.

Bei allen Textberichten prangte sein Porträt über den Zeilen. Jeder konnte ihn sehen, jeder konnte ihn erkennen und vor allen Dingen, jeder lachte über ihn. Über Nacht war er zur Witzfigur der Nation geworden. Nichts mehr war übrig von dem ehrenwerten Herrn Professor h.c. Dr. Friedbert Johannes Eberhard Klingler, nichts mehr. Jeder wusste, dass er nur ein geiler, alter Bock war.

Herr Professor h.c. Dr. Friedbert Johannes Eberhard Klingler wurde natürlich vom Dienst suspendiert. Ferner drohte ihm ein Gerichtsverfahren wegen Sex mit Minderjährigen. Natürlich verlor er seine Ehrenbürgerschaft im Verein Junger, christlicher Männer und überhaupt, er war nach diesem Vorfall ein gebrochener Mann. Jeder hatte sich von ihm distanziert, niemand wollte mit so einem unmoralischen Lügner etwas zu tun haben.

Wie schön!

Endlich hatte ich meine Genugtuung für all die seelischen Schmerzen, die mir dieses Ehepaar und mein Ex-Mann in der Vergangenheit zugefügt hatten. Wochenlang konnte sich der Alte nicht auf die Straße trauen. Man lachte nur noch über ihn und die Fotos, die von diesem alten geilen Bock veröffentlicht wurden.

Die junge Frau, die mit in diese Geschichte involviert war, machte einen guten finanziellen Schnitt, denn die entsprechenden Zeitungen vergüteten ihre sehr aussagestarken Berichte fürstlich. Ich gönnte es ihr von Herzen!

Meine Ex-Schwiegermutter wurde vom Pfarramt genötigt, den Vorsitz des Kirchenrates niederzulegen. Benjamins Vater hatte es geschafft, das Leben seiner kompletten Familie zu zerstören. Sein Sohn, also mein geschiedener Mann, setzte sich ab aus dieser hochmoralischen bayerischen Kleinstadt. Er ging wie immer den einfachen Weg!

Und ich war diejenige, die das Ganze ausgelöst hatte! Ich hatte mich gerächt, ja, ich hatte die Rache meines Lebens gelebt und wie ich diese genoss! Gedanklich trommelte ich mir wie ein Affe auf die Brust. Vorbei war es mit dem guten Ansehen dieses ehrenwerten Hauses! Herrn Professor h.c. Dr. Friedbert Johannes Eberhard Klingler und seiner alten grauhaarigen Schachtel waren das teuflische Handwerk gelegt worden. Mein Ex-Schwiegervater wurde psychisch krank und die Mauern einer psychiatrischen Klinik wurden für viele Monate sein Zuhause. Wie sich das Leben anderer in dem eigenen doch widerspiegelt! Ich kann nicht sagen, dass er mir leid tat, nein, ganz bestimmt nicht! Ich fand, dass er seine gerechte Strafe erhalten hatte.

Besser verkraftete seine kleine, graue Maus von Ehefrau diese Situation. Mit erhobenem Haupt ging sie durch die Straßen der Stadt, denn schließlich war sie ja die arme Frau, die betrogen worden war. Und das lebte sie sichtlich aus. Schließlich stand sie mal nicht im Schatten ihres Alten!

Was wurde aus mir? Nach all den verzweifelten Monaten und Jahren wurde mir das alleinige Sorgerecht für meine Tochter zugesprochen. Mein geschiedener Mann machte keine Anstalten, mir da im Wege zu stehen. Das war für ihn mal wieder der bequemere Weg.

Als ich alles überstanden hatte und meine Kleine in den Armen halten konnte, überkam mich eine tiefe Traurigkeit. Ich dachte an Sebastian. Wenn ich meine Tochter ansah, sah ich in die Augen ihres Vaters, sah seinen schönen Mund und seine wunderschönen Hände, mit denen er mich immer so liebevoll gestreichelt hatte. Wenn meine Prinzessin lachte, hörte ich das Lachen meines Mannes. Mir zog sich das Herz zusammen. Was war in all den Jahren nur aus unserer Liebe geworden? Alles hatte so schön begonnen mit dem Satz: *„Gehen wir zu dir oder zu mir..?"*

Meine Gedanken kreisen oft um diese Geschichte und je älter ich werde, umso mehr plagt mich mein schlechtes Gewissen. Denn obwohl ich mich noch immer im Recht fühle, mit dem was ich getan hatte, um meine Tochter wieder zu bekommen, so denke ich ab und zu mal an den Satz zu Beginn meiner Geschichte: „Jeder erntet das, was er einmal gesät hat!"

Noch heute bete ich, dass für mich diese Ernte nicht gar so strafend ausfallen wird, denn schließlich wurde ich in die Rolle des Racheengels hineingedrängt. Ich hoffe heute noch inständig, dass man dann, wenn ich für diese

Tat irgendwann geradestehen muss, berücksichtigen wird, dass ich erst so handelte, nachdem ich selbst wegen dieser Familie so ein schreckliches Unrecht erlitten hatte!

Im Glück – halte ein –
im Unglück – halte aus.

Zitat unbekannter Herkunft

Des Lebens eigene Gesetze

Für viele Menschen ist ein One-Night-Stand nichts Besonderes und nach einem Blind Date ergibt sich schon mal die Frage: **„Gehen wir zu dir oder zu mir...?"** oder **„Gehen wir ins Hotel?"**. In der nachfolgenden Erzählung war diese Frage gar nicht nötig, es ergab sich alles von selbst.

Eine Dame im reiferen Alter, sie war knapp über 50, erzählte mir ihre Geschichte und gab mir die Erlaubnis, diese in meinem Buch zu veröffentlichen. Die Story ist zwar lustig, stimmte mich aber auch nachdenklich. Sie macht deutlich, dass man den eigentlichen Wert eines Menschen von seinem Äußeren abhängig macht und leider den wertvollen Kern erst viel zu spät erkennt. Später plagen die Betroffenen Gewissensbisse. Man ist darüber beschämt, da man es versäumt hat, eine Person adäquat einzuschätzen. In unserer Geschichte kam diese Erkenntnis zum Glück nicht zu spät. Aber mehr wollen wir noch nicht verraten.

Liebe Leserinnen und Leser, ich darf über eine wahre Begebenheit von einer Bekannten berichten. Wir nennen sie hier Elke. Ihr Leben war normal, stink normal, so normal wie die meisten Menschen ein Leben führen. Man könnte es auch eintönig nennen. Das Bestreben nach Verständnis und Respekt des Ehepaares für den anderen

Partner war in all den Jahren der Abgedroschenheit auf dem Nullpunkt angelangt. Man funktionierte nur noch, denn der Alltag wollte bewältigt werden. Keiner war in dieser Ehe noch glücklich. Immer wieder fiel der Satz: „Wir müssen reden...", aber niemals kam es zu einem Gespräch. Keiner wollte den Anfang machen, jeder hatte Angst vor den Konsequenzen einer solchen Unterhaltung. Alles in allem - die einstigen großen Gefühle für den Partner waren in den vergangenen Jahren einer latenten Gleichgültigkeit gewichen. Für viele meiner Leserinnen und Leser ist das sicherlich ein nicht unbekannter Zustand.

Nun stand bei Elke zum wiederholten Male ein Klassentreffen an und diesmal war sie richtig aufgeregt. Endlich kam mal wieder etwas Abwechslung in ihr tristes Leben. Eitel wie sie nun mal war, stellte sich für sie die Frage, ob sie auch heute noch so passabel aussah, wie vor ein paar Jahren und würde sie mit den anderen Schulkolleginnen noch konkurrieren können? Würde man sie noch ansprechend finden? Oder hatte ihr bisheriges ödes Leben in ihrem Gesicht bereits sichtbare Spuren hinterlassen? Diese Gedanken sind doch typisch für uns Frauen, oder?

Beim letzten Treffen war Elke der Ansicht, dass sie im Vergleich mit den Schulfreundinnen immer noch akzeptabel ausgesehen hatte. Aber das war nun mal bereits vor vielen Jahren – und wie war es heute? Wir Frauen, ob

Jung und Alt wissen genau, dass unsere Meinung über das eigene Erscheinungsbild bekanntlich nicht real ist. Entweder verhält man sich selbst gegenüber super kritisch, besonders wenn es um den dicken Hintern, den oft leicht üppigen Bauch und um die Dellen in den Beinen geht, oder im Gegenzug – und das ist das schizophrene – umhüllt uns auf der Suche nach den Falten im Gesicht bei einem prüfenden Blick in den Spiegel ein leicht rosaroter Schleier des Verdeckens. Wieder ist man nicht objektiv zu sich selbst. In beiden Fällen schleicht sich eine prosaische Fehleinschätzung über unser Erscheinungsbild ein. Stand oder steht eine Frau ihrem Äußeren jemals objektiv gegenüber? Ich glaube nicht, weder im positiven noch im negativen Sinne!

Auch Elke war da keine Ausnahme. Sie und ihre früheren Klassenkameraden trafen sich in regelmäßigen Abständen von 5 Jahren immer in der Stadt, in der sie Abitur gemacht hatten. Trotz der großen Entfernung, war Elke immer zu diesen Treffen gereist. Aber schon beim letzten Wiedersehen konnte man den unvermeidlichen Alterungsprozess der einzelnen Teilnehmer verfolgen. Der Zahn der Zeit, der nagte an allen! Ohne Ausnahme! Die verräterischen Spuren im Gesicht zeigten gnadenlos, dass keiner der Schulkolleginnen und Kollegen das lockere Leben lebte, das man sich als Teenie erträumt hatte. Viele Weichen wurden in jungen Jahren so hoffnungsvoll gestellt. Aber wie das Dasein und der Alltag so sind, nicht alles verlief in den geplanten und vorgesehenen Bahnen. Das Leben ist nun mal kein Wunschkonzert!

Bereits bei dem letzten Treffen hatte es sich herauskristallisiert, wie sehr sich die Schulfreunde durch einschneidende Erlebnisse und Einflüsse im Laufe der Jahre verändert hatten. Man erkannte, dass das hässliche Entlein von vor 30 Jahren mit der Zeit ein toller Schwan geworden war und es war nicht zu übersehen, dass die betörende Klassenschönheit von damals zu einer richtigen Öko-Tante mutiert war, die ihr Leben nun den Dingen widmete, die sie früher noch nicht mal richtig schreiben konnte. Leider waren auch bereits zwei Todesfälle unter den Freunden von einst zu beklagen und eine Kameradin war an Krebs erkrankt, den sie zum Glück bis jetzt besiegen konnte. Und die jungen Männer, die früher nicht gerade eine Eins in Mathe und Deutsch hatten, gingen trotzdem ihren Weg und wurden erfolgreiche Geschäftsleute.

Nun war es also wieder zu einem erneuten Treffen an der Zeit und Elke war bereits Wochen zuvor ihrer Figur zu liebe bemüht, etwas weniger zu essen. Sie schlief sehr viel, in der Hoffnung, dass sich die Falten um Augen und Mund etwas minderten. Extra zu diesem Anlass hatte sie sich ein schickes und ausgefallenes stylisches Outfit gekauft, das aus einer gut geschnittenen Hose, einer sehr extravaganten Jacke und einem tief dekolletierten, pfiffigen Top bestand. Die Farben waren brandaktuell, der

Schnitt sehr kaschierend, der gut fallende Stoff ein Gedicht. Alles hatte eine wunderbare Trage Qualität und man sah sofort, dass das kein billiger Fummel war.

Sie fand dazu passende außergewöhnliche Schuhe und eine schicke Handtasche. Dann stand der Friseurbesuch an. Sie entschied sich für einen jugendlich frechen Haarschnitt mit pfiffigen neuen Strähnchen und zum Schluss wurde ein Kosmetiktermin noch eingeplant. All diese Sperenzien waren sehr kostenintensiv, aber was sollte es, Schönheit hatte nun mal ihren Preis. Dazu kamen noch die Hotel- und Benzinkosten – egal, Elke legte nun mal großen Wert darauf, dass man sah, dass sie sich gut gehalten hatte und, dass sie nicht am Hungertuch nagte. Schließlich konnte man die teuren Klamotten auch später noch zu einem besonderen Anlass tragen. So war es keine Investition, die aus dem Fenster geworfen war. Und, dass man von den einen oder anderen Damen neidische Blicke erhaschen würde, das war ihr die Sache schon wert. Dafür waren die Dukaten sicherlich gut angelegt.

Einige Tage zuvor probierte sie ihre neue Kleidung. Kritisch stand sie vor dem Spiegel, drehte sich nach allen Seiten und fand sich leider wie immer an einigen Stellen zu üppig, denn das Leben, der abendliche Wein und das gute Essen hatten ihr Fettpölsterchen auf den Hüften, dem Bauch und den Oberschenkeln beschert. Egal wie sie sich auch drehte und obwohl sie eine sehr eng sitzende und auch kostspielige Corsage trug, zeichneten sich die eingehaltenen Speckmassen als überquellende Wülste am Rücken und am Po deutlich ab. Diese Tatsache war recht unerfreulich, aber nicht verwunderlich, denn irgendwohin musste das überschüssige Fett ja ausweichen.

Völlig frustriert betrachtete sie sich. Schließlich sollte das Korsett ihre üppigen Formen kaschieren und nicht die Fettrollen unter den Armen und am oberen Rücken noch auffällig präsentieren. Positiv allerdings war, dass dieses edle Teil für darunter wunderschöne raffinierte Spitzeneinsätze am Dekolleté zeigte und alles in allem ein sehr sexy Dessous war. Aber was nützte das, es präsentierte ja nur die verborgenen Reize. Egal wie sie sich vor dem Spiegel auch drehte, man sah an den Rändern der Corsage die Speckwürste, die sich dort besonders frei entfalten konnten. Es war enttäuschend für sie zu sehen, dass sich diese Problemzonen klar und überdeutlich abzeichneten. Ärgerlich, denn sie wusste aus eigener Erfahrung, mit welchen Argusaugen Frauen ihre Konkurrentinnen beäugen. Die holden Weiblichkeiten sehen so etwas sofort.

Durch Zufall entdeckte sie in der Werbung die bekannte „Schlankstütz-Unterwäsche-Kollektion" mit der garantierten „Speckweg Garantie". Vielleicht war das die Rettung, denn die Werbung versprach alle übermäßigen Pfunde und Rettungsringe wunderbar zu minimieren und zu verstecken. Störend an der Sache war allerdings, dass dieses Teil schrecklich unerotisch war. Aber eigentlich war es ja egal, es sollte ja schließlich nur darunter getragen werden.

Als die Ware ein paar Tage später angeliefert wurde und Elke das Paket öffnete, musste sie schon mal schlucken, denn so schrecklich bieder und spießig hatte sie sich diese Schlankstütz-Kollektion nun doch nicht vorgestellt. Mit spitzen Fingern nahm sie das Monstrum aus der Verpackung. Es sah scheußlich aus. Mit Widerwillen zog Elke dieses abstruse Ding an, musste sich aber sogleich eingestehen, dass nun unter diesem ekligen graubeigen Oma-Teil wirklich die Speckwülste wesentlich weniger sichtbar waren. Nach kurzer Überlegung schob sie ihre Bedenken zwecks mangelnder Erotik zur Seite und entschied sich, diesen großmütterlichen Chic zu erwerben, trotz ihrer super schönen Corsage. Nun, mit dem neuen Outfit und darunter diese Schlankstütz-Kollektion, Modell Presswurst, war sie endlich mit ihrem Spiegelbild zufrieden. Sie sah wirklich schlanker aus! Insgeheim musste sie sich eingestehen, dass sie sich jetzt aber nicht mehr so sexy mit diesem Liebestöter fühlte. Wenn sie diese Wursthaut trug und sich damit nach vorne beugte, blitzten am Busen nicht mehr die tollen Spitzeneinsätze heraus, wie diese bei der Corsage zu sehen waren. Es präsentierte sich nur noch der grobe, hässliche Brust Abschluss dieses schrecklichen Teils. Aber der Hüftspeck und die

Rollen am Rücken waren weg. Was tun?

Nach langem Überlegen kam sie zu dem Entschluss, vorsichtshalber zu dem unerotischen Teil auch noch die Corsage mit in den Koffer zu packen. Vor Ort würde sie weitersehen. Sie kannte sich, es war sicherlich wieder eine Gefühlssache, für welches der beiden Teile sie sich entscheiden würde. Vielleicht hatte sie, bedingt durch die lange Autofahrt, noch etwas Wasser im Körper eingelagert, dann war das sowieso illusorisch, sich in diese enge Sexy-Corsage zu zwängen. Entschlossen packte sie all ihre Utensilien in ihr Köfferchen, bugsierte alles in ihren Pkw und machte sich auf den Weg.

Vier Stunden später war sie in der Stadt, in der sie damals Abitur gemacht hatte. Sie fuhr zum Hotel, checkte ein und packte ihre Sachen aus. Anschließend bummelte sie durch die kleine Altstadt. Sie schaute mal am Gymi vorbei - ja es stand noch. Was hatte sie hinter diesen Mauern während ihrer Schulzeit gelitten, wenn sie mal wieder Mathe, Physik oder Chemie verpatzt hatte, denn die naturwissenschaftlichen Fächer waren noch nie ihre Stärken gewesen und sie musste es sich mal wieder eingestehen, dass sie wirklich keine gute Schülerin war. Der Schulstress von einst verursachten ihr auch heute noch negative Gefühle und das momentane triste Wetter passte genau zu ihrer aufkommenden miesen Stimmung.

Es begann leicht zu regnen und schnell flüchtete sie in ein kleines Café, das sie noch nicht kannte. Sie suchte einen freien Tisch und bestellte einen Cappuccino mit aufgeschäumter Milch und überlegte, ob ihr Taillenumfang es vertrug, sich einen Kuchen zu gönnen. Nein, kein Gebäck, denn heute Abend war das große Treffen, da wollte sie nicht wie ein aufgeblähtes Masthuhn am Tisch sitzen. Genüsslich schlürfte Elke ihren Cappuccino, leckte sich den Schaum von der Oberlippe, blickte auf und sah genau in die Augen eines recht passablen Herrn. Er sah ihren irritierten Blick und lächelte ihr zu, als er bezahlte und das Café verließ. Elke schaute ihm nach. „Nicht schlecht – der wäre schon eine Sünde wert", dachte sie und musste innerlich über sich schmunzeln, denn es war absolut nicht ihre Art so etwas zu denken, noch nicht mal im Geheimen. Es war bisher niemals ihre Maxime gewesen, sich nach einem anderen Mann umzusehen, um aus ihrem langweiligen Leben auszubrechen. Außerdem war sie ja nicht zum Sündigen hergekommen. Na ja, er war ja auch schon wieder verschwunden.

Es hatte aufgehört zu regnen, sie wählte den direkten Weg zum Hotel und suchte ihr Zimmer auf. Dort legte sie die Beine kurz hoch, damit die Schwellungen abklingen konnten, sonst würden sicherlich am Abend die neuen Schuhe drücken. Und ein paar Minuten Augenpflege konnten sicherlich auch nicht schaden.

Als sie wieder aufwachte, war es schon 19.30 Uhr und um 20.00 Uhr wollte man sich bereits treffen. So ein Mist, sie hatte total verschlafen. Trotz der kleinen Misere ließ sie keine Hektik aufkommen. Da musste ihre

Restaurierung etwas schneller vonstattengehen, als es geplant war. Sie liebte es, sich in Ruhe zu frisieren und zu schminken, um dann gelassen ohne Hetze zu einem Treffen zu gehen. Aber heute Abend war dieser Ritus leider durchkreuzt worden, also hopp hopp, alles musste etwas schneller vonstattengehen. Knappe 35 Minuten später war sie schon fertig - geduscht, gesalbt mit der besten Bodylotion, die sie hatte, die Frisur saß toll, das Gesicht war sehr ausgeruht, der Bauch war flach und die Füße ohne Wassereinlagerung. Es war also doch gut, dass sie etwas länger geschlafen hatte. Jetzt stellte sich die Frage aller Fragen! Welches „darunter" sollte sie wählen? Die „grau beige Oma-Wäsche" und sie sah damit schlank aus, oder die Sexy-Version, bei der sich ihre diversen Fettwülste auf der Kleidung deutlich abzeichnen würden.

Plötzlich hatte sie eine glänzende Idee - sie wählte beide Teile! Untendrunter die Sexy-Wäsche und oben drüber die stützende Oma-Version. So blitzte der tolle BH der Corsage verführerisch aus dem Ausschnitt und die Speckrollen waren trotzdem verschwunden. Allerdings lag das alles extrem eng am Körper an und es wärmte sie jetzt schon – egal, wer schön sein will, muss leiden! Aber was wäre, wenn der biedere grobe Abschluss des Dekolletés der großmütterlichen Reizwäsche, statt der Spitze am Dessous am Ausschnitt rausblitzen würde? Aber Not macht bekanntlich erfinderisch und so suchte sie ihre Nagelschere und schnitt in die Stützwäsche einen sehr tiefen Ausschnitt. Somit war der Abschluss des groben Teils nicht mehr sichtbar und es blitze nur noch die Spitze der Corsage koket aus ihrem Ausschnitt. Schließlich hatte sie noch einen guten Busen und den wollte sie mit der entsprechenden Verpackung gekonnt präsentieren!

Gut geschnürt – warm verpackt - mit sehr aufrechtem Gang – anders ging es ja nicht aufgrund dieser doppelten Verpackung, in der sie steckte, schritt sie vor dem Spiegel auf und ab – drehte sich nach links und rechts – jawohl, jetzt war sie mit sich zufrieden. Ihr präsentierte sich eine passable Frau. Richtig schlank sah sie aus und damenhaft gerade. Dies war nicht verwunderlich, denn bei dem engen Unterzeug musste sie ja Haltung bewahren. Sie konnte sich kaum bücken, um ihre Schuhe anzuziehen. Aber sicherlich war es heute Abend nicht notwendig, irgendwelche akrobatischen Übungen zu machen, sie saß ja nur und das majestätisch aufrecht.

Am Fahrstuhl angekommen, musste sie noch etwas warten, dann kam er endlich. Die Tür öffnete sich, sie schritt würdevolle hinein, nicht ohne sich in dem dortigen Spiegel mit sehr großem Wohlgefallen zu bewundern. Nach einem kleinen Moment schloss sich der Aufzug und sie glaubte es nicht, der Herr vom Café versuchte noch schnell den Fuß in die sich schließende Tür zu stellen. Aber es war umsonst. Total überhastet wollte Elke ihm behilflich sein und suchte mit fliegenden Fingern nach dem Knopf mit der Aufschrift „Stopp". In der kurz aufkommenden Hektik fand sie ihn natürlich nicht. Besser gesagt, sie konnte die entsprechenden Beschriftungen der Bedienungstasten ohne Brille überhaupt nicht lesen.

Na ja, das war nun mal schiefgelaufen und so fuhr sie mit einem misslichen Gefühl alleine nach unten. Das Hotel hatte für die Veranstaltung einen gemütlichen Raum zur Verfügung gestellt. Wegen ihrer vorhandenen Sehschwäche und den extrem hohen Schuhen ging Elke vorsichtig tastend durch die Glastür und wurde gleich von der bereits versammelten Mannschaft empfangen. Ein Hallo von allen Seiten! Sie begrüßte viele mit Handschlag, andere wiederum mit Küsschen und dann zeigte man ihr den für sie vorgesehenen Platz an dem einen Tisch. Ihre Freundinnen saßen alle um sie herum und man begann sofort zu erzählen, zu ratschen und zu plaudern.

Die Damen waren total ins Schwätzen vertieft, als sich ihr gegenüber ein Stuhl bewegte und ein Herr sich setzte. Da war er wieder, der Mann aus dem Café und dem Aufzug. Ach, gehörte er zur Gesellschaft? Elke hatte ihn noch nie gesehen. Er wurde ebenfalls freudig in Empfang genommen. Es fiel der Name „Carsten". Elke kannte aus ihrer Klasse keinen Carsten, aber er nickte so vertraut in die Runde, als ob er alle kennen würde. Als er sich setzte, schaute er zu ihr rüber und griente spöttisch. Das war wohl die Retourkutsche wegen der Panne von soeben. Blöd gelaufen, wie sollte sie sich nun ihm gegenüber verhalten?

Sie konnte doch nicht zugeben, dass sie ohne ihre Brille die Sehkraft eines Maulwurfs hatte. Sofort präsentierte ihr Unterbewusstsein ein paar entschuldigende Gedanken für ihren Fauxpas. Womöglich hätte sie den falschen Knopf betätigt und dadurch den Lift blockiert oder..... Nun fiel es ihr wie Schuppen von den Augen. Sie hätte ja nur die Hand an den Sensor der Innentür halten müssen, damit diese sich wieder automatisch öffnete und alles wäre glattgelaufen. Nun ja, es war halt richtig in die Hosen gegangen.

Schade, kein guter Start für ein angenehmes Tischgespräch und etwas skeptisch sah sie der Entwicklung des Abends entgegen. Und schon ging es los. Man mischte sich unter die Gäste. Jeder plauderte mal mit jedem und dann stellte sich von einigen der Klassenkameraden die Frage an die Freundin, die alles organisiert hatte, wer „er" denn sei. „Das ist Carsten" teilte sie der fragenden Runde mit und zuerst wurde es still und dann ging es los. Was? Das war Carsten? Nicht zu glauben, Carsten war der kleine mickrige Junge aus der Klasse, der früher zu Schulzeiten immer hinten stand, der im Sport vom Trampolin gefallen war, der im Fußball den Ball an den Kopf bekam und dem dann seine Brille weggeflogen war, sodass er nichts mehr sehen konnte. Er war eigentlich immer der introvertierte Außenseiter in all den Jahren, aber stets war er der Klassenprimus gewesen.

Aus diesem kleinen unscheinbaren Jungen von einst, der immer so schmächtig und so total schüchtern war, aus ihm sollte dieser gut aussehende, imponierende Mann mit den leicht grauen Schläfen geworden sein? Dieser wirklich interessante Typ war also der kleine und verängstigte Carsten, den alle bereits vergessen hatten? Man sah schon, dass einige der Damen verstohlen zu ihm herüberschauten und ihn beäugten. Hinter vorgehaltener Hand ging das Getuschel erneut los und er erntete bewunderte Blicke. Carsten war sehr charmant und überaus gewandt, wie er sich am Tisch verhielt. Er war ein guter Erzähler und alle hörten ihm gebannt zu. Dann fragte er nach den Namen der Herrschaften, die am Tisch saßen. Als er nun Elke erwartungsvoll ansah, stellte sie sich vor und er lächelte sie an: „Ach Elke, du warst immer meine große Liebe, aber du hast mich ja nie bemerkt. Ich bekam immer rote Ohren, wenn du in meine Nähe kamst! Heute kann ich dir das ja eingestehen, dass ich damals total krank vor lauter Liebeskummer war." Alle lachten und johlten. Man konnte es sich so richtig vorstellen, wie Carsten früher schüchtern über seinem Brillchen ihr nachgeschaut hatte. Elke fühlte sich nicht wohl in ihrer Haut, und zwar im wahrsten Sinne des Wortes, denn ihr „darunter" begann langsam sie aufzuheizen. Richtige Hitzewallungen stiegen in ihr hoch. Alles kniff und fühlte sich unangenehm an.

Die anwesenden Gäste fanden die Erzählungen von Carsten total lustig und amüsant. Nur eine konnte diese

Situation nicht so witzig empfinden und das war natürlich Elke. Sie stand generell nicht gerne im Mittelpunkt, daher war sie sehr verlegen und wusste auch gar nicht, was sie zu Carstens Schilderungen sagen sollte. Sie konnte sich gut daran erinnern, dass sie diesen armen, kleinen, sensiblen Jungen aufgrund seiner Glasbaustein-Brille oftmals verspottet hatte und er aber trotzdem wohl unerschütterlich weiterhin in sie verliebt war.

Es war eine blöde Situation, eigentlich wäre es ihr lieber gewesen, ihn nicht hier am Tisch zu sehen, aber jetzt hatte es sich so ergeben und sie musste nun damit klarkommen. Zu allem Überfluss erzählte er noch die Geschichte von soeben im Fahrstuhl und ein lautes Gelächter war die Antwort darauf, denn jeder am Tisch wusste, dass Elke ohne ihre Brille hilflos war. War das die späte Rache für ihre früheren Spötteleien aus der Jugendzeit? Jetzt stand sie dem Mann gegenüber, der als Kind nichts ohne seine Brille sah und nun war sie fast in der gleichen Situation – wie sich doch vieles im Leben wiederholte! Sie machte gute Miene zu den Erzählungen von Carsten, auch, wenn sie sich so unwohl dabei fühlte. Wenn sie doch bloß ihre doppelte Reizwäsche nicht so drücken würde! So langsam lief ihr der Schweiß den Rücken herunter. War es der Mann oder das schlechte Gewissen von früher oder einfach nur die „doppelte Unterwäsche", was ihren Körper zum Kochen brachte? Es dauerte nicht lange, da wurden die Speisen serviert.

Mein Gott, wie herrlich das duftete. Elke hielt sich mit dem Genuss der Delikatessen zurück, da sie immer einen aufgedunsenen Bauch bekam, wenn sie viel durcheinander aß. Und genau das wollte und konnte sie sich heute nicht leisten. „Du bist ja kein großer Esser", meinte Carsten belustigt, als sie in ihrem so köstlichen Essen herumstocherte. „Blöder Kommentar", dachte Elke, „du bekommst ja auch keinen Blähbauch, so wie ich." Nachdem sie nur hie und da mal was gekostet hatte, wurde endlich abserviert.

Man löste sich von den Plätzen und ging zu den an-deren um zu Plaudern. Im Hintergrund spielte dezent der Klavierspieler. Es war eine sehr schöne ins Ohr und Tanzbein gehende Musik, die für diesen Abend sehr geschmackvoll ausgesucht worden war und animierte zum Tanzen. Als ob sie es geahnt hätte, Carsten stand auf und bat sie um den ersten Tanz mit der Bemerkung: „Den ersten Tanz für meine Prinzessin von einst!" Elke wehrte vehement ab, mit der Bemerkung, dass sie nicht gerne tanzen würde. Sie wollte ihn körperlich nicht so nah an sich ran lassen, deshalb schob sie diese Ausrede vor. Dabei war sie in jungen Jahren eine richtig gute und leidenschaftliche Tänzerin gewesen. Es wäre schon peinlich, wenn er vielleicht hätte fühlen können, welchen Panzer sie sich für diesen Abend unter ihrer Robe zugemutet hatte.

Alle fanden die Situation köstlich, wie Elke sich zierte, aber Carsten ließ nicht locker. Er führte sie zur Tanzfläche. Unsicher wackelte sie auf ihren neuen Pumps vor ihm her, was er gerne zum Anlass nahm, ihr galant seinen Arm zu reichen. Der Tanz begann. Er nahm sie fest in den Arm und führte sie gekonnt und sicher über das Parkett. Elke wusste gar nicht, wo sie hinschauen sollte. Er verunsicherte sie total. Seine Nähe verwirrte sie so, dass sie steif und abwehrend in seinem Arm lag. Aber er ließ nicht locker. Er zog sie immer mehr an sich her. Der Druck seiner Hand wurde stärker und sie konnte nicht umhin feststellen zu müssen, dass er sich gut anfühlte, sogar sehr gut! Sein direkter Blick in ihr einladendes Dekolletee verriet ihr, dass er noch heute eine Schwäche für sie hatte. „Wir sind ein schönes Paar", flüsterte er ihr liebevoll ins Ohr. Zärtlich suchte er mit seinem Gesicht die Nähe ihrer Haare. Dabei spürte sie, wie sein Atem ihre Haut berührte. Ein Schauer lief ihr über den Rücken, soweit das bei dem enggeschnürten „Darunter" möglich war. Seine Nähe war berauschend. Und wie er roch, so anregend - so männlich und begehrenswert. Der Duft seines Rasierwassers vermischte sich mit seinem eigenen Geruch zu einer Symbiose, die für sie überwältigend war. Sie war generell ein Mensch, der durch und mit der Nase lebte. Für sie waren Gerüche so wichtig. Man sagt nicht umsonst, dass man Menschen nicht riechen kann, wenn man einen unsympathischen Typen vor sich hat. Ebenso verursachte ihr die Nähe seines Mundes erneut Hitzewallungen. Auch wenn sie es nicht wollte, es drängte sich ihr automatisch die Frage auf, ob er auch so gut küssen würde, wie seine Lippen es versprachen. Diese Frage begann ihr unterschwellig und langsam den klaren Verstand zu rauben, der langsam und stetig in den Hintergrund trat. Sie verlor sich sukzessive in seinem Duft und in die wunderschöne Schmusemusik, zu der er sie durch den Tanz führte.

Nach gefühlten zwei Stunden beendeten sie den Tanz. Er nahm sie an der Hand und brachte sie zum Tisch zurück und Elke konnte nicht umhin, sie schenkte ihm ein zaghaftes Lächeln. Erhitzt trank sie ihren Wein aus. Carsten bemerkte es und genoss sichtlich den Zustand, dass es ihm doch noch mal gelungen war, seine unerfüllte Jugendliebe ins Schwitzen zu bringen. Er hatte ja keine Ahnung, was die Ursache ihrer Schweißausbrüche war. Elke bestellte sich noch einen Wein und er fügte schmunzelnd hinzu, dass die Bedienung auch noch ein Wasser für Madame mitbringen möchte. „Für Madame". Diese Worte klangen so betörend in ihren Ohren. Mein Gott, hatte jemals ein Mann ein Getränk für sie so charmant bestellt? Ihr eigener Mann war zwar sehr höflich, aber ein gewisser Charme fehlte ihm total.

Elke genoss den Zustand an diesem Abend in vollen Zügen. Auch als Carsten mit anderen Damen tanzte, gelang es ihr nicht, sich von ihm losreißen. Verstohlen schaute sie immer wieder zur Tanzfläche hinüber. Glücklich bemerkte sie, dass er sehr oft ihren Blick wahrnahm und ihr zu lächelte. Sie spürte intuitiv, dass er ihr genau das signalisierte, was ihre Hormone in Aufruhr brachten. Das war ein ganz neues Gefühl für sie. Elke fühlte sich total überrumpelt. Diesen Sinnesreiz hatte sie schon seit Jahren nicht mehr in dieser Heftigkeit erlebt. Als ob ihre Empfindungen Tango mit ihr tanzen würden.

Der Abend neigte sich dem Ende zu. Carsten hatte sich als eifriger und besonders guter Tänzer erwiesen, was die anwesenden Damen ihm auch gerne bestätigen. Wenn sich die Gelegenheit dazu bot, hatte er Elke immer einen liebevollen Blick geschenkt. Am Ende des Abends bat er sie noch um den letzten Tanz. Der Wein zeigte schon seine Wirkung und diesmal überließ sie sich bedingungslos seiner Führung. Glücklich lag sie in seinen Armen und er zog sie gefühlvoll an sich. Der Druck seiner Hand fühlte sich an ihrem Rücken so wunderbar an, sie verspürte eine gewisse Geborgenheit. Seine Männlichkeit war so präsent, dass sie alles um sich vergessen konnte. Zärtlich flüsterte er ihr liebevolle Worte ins Ohr. Seine Wange lag an ihrer und aufregend fühlte sie seinen leichten Bart an ihrem Gesicht reiben. Wie zufällig liebkosten seine Lippen zärtlich ihren Hals und ihr Ohr. Elke verspürte wohlige Wellen des Glücksgefühls in sich aufsteigen.

Als die Musik war zu Ende, brachte er sie galant zum Tisch zurück. Es war wie in einem schönen Traum, sie fühlte sich wie zwanzig, super schön und schlank, glücklich und begehrt, wie eine wunderschöne Frau! Wie hatte sie diese berauschenden Gefühle in den vergangenen Jahren so schmerzlich vermisst!

Kurze Zeit danach brachen die Gäste auf. Es war bereits weit nach Mitternacht und die Stimmung an diesem Abend aufgekratzt und lustig. Man verabredete sich wieder im kommenden Jahr zu einem erneuten Treffen. Einige der Gäste gingen direkt zu Fuß nach Hause, andere fuhren mit dem Auto oder gingen zur Hotelbar, um noch weiter zu feiern. Carsten suchte ebenfalls die Bar auf. Elke wollte nur noch so schnell als möglich auf ihr Zimmer, um endlich diesen Panzer unter ihrer Kleidung loszuwerden. Dort angekommen, entledigte sie sich schnell ihrer Zwangsjacken.

Zuerst zog sie das grässliche Schlankstützteil aus. Das war schon mal eine große Erleichterung. Sie fühlte, wie ihr Körper so ganz langsam wieder zum Leben erwachte. Dann hakte sie die Corsage auf und jetzt war das Glücksgefühl vollkommen. Genüsslich kratzte sich die vielen Striemen, die sich auf ihrem Körper gebildet hatten. Auch das ist eine Art Orgasmus. Jede Frau kennt dieses Gefühl, wenn der BH oder das Mieder zu eng gesessen hat und man sich endlich davon erlöst fühlt. Sie ging ins Bad, band sich ein Handtuch um die Haare und stellte sich unter die Dusche. Es war ein Hochgefühl diese Corsage und diese unerotische Presswurst endlich nicht mehr auf der Haut zu spüren. Sie duschte warm und dann eiskalt und spürte wie ihr Körper wieder zum Leben erwachte und das Blut zirkulierte. Sorgfältig schminkte sie sich ab und nahm sich aus der Minibar eine kleine Flasche Rotwein. Sie fühlte sich so rundherum glücklich und zufrieden. Ein selten gewordenes Gefühl der letzten Jahre. Jetzt noch die Füße hochlegen, etwas lesen und dann schlafen. Gerade, als sie mit ihrer großen Brille auf der Nase das Radio bediente, um noch etwas Musik zu hören, klingelte das Telefon. Elke erwartete den Anruf ihres Mannes. Seit Jahren war es so, dass sie spät am Abend noch telefonieren, wenn einer der beiden auf Reisen war. „Hallo Schatz" flötete sie gut gelaunt ins Telefon. Aber es war nicht ihr Mann, nein es war Carsten. „Ach, das ist aber schön, dass du mich so begrüßt." Er lachte und Elke war es peinlich. Erneut hatte sie das Gefühl, wieder ins Fettnäpfchen getreten zu sein. Total verklemmt wusste sie nicht, was sie erwidern sollte. Einfallslos fragte sie, woher er denn ihre Zimmernummer wusste. Schelmisch entgegnete Carsten, dass sich das ganz leicht herausfinden lässt, wenn eine Frau sein Interesse geweckt hatte. Es schmeichelte ihr. Sie nahm die Brille ab, legte sich genüsslich auf ihrem Bett zurecht und war zu einem schönen Plausch bereit.

Aber Carsten wollte nicht mit ihr telefonieren. Sehr direkt fragte er, ob er mit einer guten Flasche noch zu ihr kommen dürfte, so ganz unverbindlich. Elke zögerte. „Bitte Elke, gib mir keinen Korb, den habe ich in all unseren gemeinsamen Schuljahren zur Genüge von dir bekom-

men". „Nein", stotterte sie, „aber ich bin doch schon ausgezogen." „Ach, damit kann ich leben" war seine lachende
Antwort.

Überhastet dachte sie daran, dass sie ein Handtuch
auf dem Kopf und daher eine zerdrückte Frisur hatte,
dass sie bereits abgeschminkt war und dachte, dass sie –
na ja, was so langjährige aus der Übung gekommene Ehe-
frauen alles denken, wenn sie von einem Mann um einen
Besuch im Hotelzimmer gebeten werden. „Ach Elke, lass
das doch, wir sind doch keine Kinder mehr, ich möchte
doch nur ein Schluck mit dir trinken!" „Ok" stammelte sie
und schon klingelte es an der Tür – Carsten stand davor
mit dem Handy am Ohr. Es blieb ihr keine Zeit mehr das
Handtuch vom Kopf zu nehmen, die Haare aufzuschütteln,
aber es gelang ihr, noch den Bademantel etwas mehr zu
schließen, denn so verführerisch einladend wollte sie ihn
nun doch nicht begrüßen. Auch ihre übergroße Brille
konnte sie schnell noch verschwinden lassen. Carsten
stand in Jeans, einem lockeren Hemd über der Hose und
ohne Schuhe und Strümpfe lausbubenhaft jung vor ihr.
Das alles sah sehr lässig aus. Diesmal trug er seine Brille.
Mit den ihr bekannten starken Brillengläsern mit der
Stärke von mindestens 6 Dioptrien oder mehr. Was aber
seiner Attraktivität keinen Abbruch tat!

Carsten trat ein und hauchte ihr zur Begrüßung einen
zarten Kuss auf die Wange. Da war er wieder dieser Duft,

der sie so anmachte. Er suchte nach zwei Gläsern und öffnete die Flasche. Was sie auf die Schnelle ohne ihre Brille erkennen konnte, war das ein ausgesprochen guter Tropfen, den Carsten mitgebracht hatte. „Komm her, meine Traumprinzessin, ich habe mein Leben lang davon geträumt, mit dir ein Glas Champagner zu trinken und nun darf ich das erleben, nach so langer Zeit." Elke ging langsam auf ihn zu. Er reichte ihr das Glas, sie stießen miteinander an und das angenehm kühle Getränk prickelte in ihren Nasen, was ein erlösendes Lachen zur Folge hatte.

Im Radio spielte man passenderweise „When a man loves a woman" von vor über 40 Jahren, egal, auch wenn es eine alte Kamelle war, es passte zur momentanen Situation. Carsten nahm ihre Hand und zog sie zu sich. Sie waren beide barfuß, leicht bekleidet, leicht berauscht von dem bisher schönen gemeinsamen Abend und vom Alkohol. Er nahm sie in den Arm und wiegte sie zu dieser Musik und Elke hatte alles vergessen – dass ihre Frisur nicht saß, dass sie nackt unter dem Bademantel war und dass sie eigentlich Schiss vor dem hatte, was nun kommen würde. Alle Bedenken waren verflogen, sie spürte nur seinen Körper. Sie roch seine Haut und sie fühlte seine Begierde. Wie viele lange Jahre war es her, dass sie so etwas für einen Mann empfunden hatte? Dieser Wunsch ihn in sich zu spüren, dieses Verschmelzen zu einer Einheit? In seinen Armen tanzte sie wie eine Feder, so leicht, so beschwingt. Sie waren voneinander verzaubert. Vergessen war alles um sie herum. Es kam, wie es kommen musste, beide kamen auf dem Teppich erst wieder zu sich, als das Telefon klingelte und – genau, Elkes Mann am anderen Ende der Leitung war. Schuldbewusst und mehr als überhastet wimmelte sie ihn ab. Er hatte sich Sorgen gemacht, da der übliche Anruf bisher ausgeblieben war. Vorbei war der Zauber, vorbei war das Flair, zurück war die Wirklichkeit!

Carsten versuchte noch zu retten, was zu retten war und zog sie wieder zu sich auf den Teppich. Mittlerweile hatte er dort die Bettdecke ausgebreitet. Elke kniete sich vor ihn hin und Carstens Blicke umfassten liebevoll ihren nackten Körper. Er streichelte zärtlich ihre Schenkel, ihren Bauch und dann über ihre nicht mehr so straffe Brust. Er liebkoste ihr Gesicht und strich ihr über die zerzausten Haare. Carsten nahm sie zärtlich in den Arm und wiegte sie zu der Musik, die genau zu ihnen passte. Sie konnte nichts sagen, sie genoss den Zustand. Sie lag glücklich in seinem Arm und er summte ihr liebevoll ins Ohr. Elke schlief ein. Sorgsam deckte er sie zu, nahm seine Brille ab und kuschelte sich daneben.

Am kommenden Morgen, als sie auf dem Boden liegend erwachten, war es für Elke eine ungewohnte Situation. Carsten schief noch. Wie sollte sie sich verhalten? Das war ein ganz neues Terrain, auf dem sie sich bewegte, denn bisher hatte sie ihren Mann noch nie betrogen. Und schon gar nicht mit einem doch fremden Mann in einem Hotelzimmer. Der gestrige Abend glich schon einem

One-Night-Stand. Sie kam sich recht verrucht vor und empfand das als ein prickelndes, wunderschönes Gefühl. Endlich durfte sie mal wieder die Wonne spüren, dass ein Mann sie eroberte. Sie fühlte sich wieder begehrt und sexy. Für Carsten schien sie etwas ganz Besonderes zu sein. Für ihn war sie nicht nur die Hausfrau, die putze und alte Socken zusammen suchte. In seinen Armen durfte sie seine Dulzinea sein, die er begehrte, die er schön fand und die er glücklich machen wollte, wenigstens für einen Abend. Endlich war sie wieder einer richtigen Leiden-schaft erlegen. Noch immer spürte sie seinen Mund an ihrem Hals, wie er gekonnt seine Lippen zu ihrem Ohr-läppchen führte, wie er die Innenseiten ihrer Arme lieb-koste, wie er ihren Bauch streichelte und somit ihre Lust noch mehr steigerte, als er langsam zu den Innenseiten ihrer Oberschenkel rutschte. Sie hätte schreien können, so erregt war sie gewesen, sie konnte es kaum abwarten von ihm erlöst zu werden, aber er war mit seinen Verfü-gungen noch lange nicht am Ende. Alleine bei diesen Ge-danken fühlte sie, wie sich ihr Unterleib erneut meldete, wie er sich lustvoll zusammenzog, wie er pochte, genauso wie ihr Herzschlag, stark und verlangend. Sie wusste gar nicht, dass sie zu solchen Gefühlen noch fähig war. End-lich spürte sie, dass sie noch lebte, endlich!

Als Carsten erwachte und ihr mit verschwommen Blick in die Augen sah, suchte er nach seiner Brille und beide lächelten sich an. Er nahm sie wieder in den Arm und kuschelte mit ihr. Es war so schön! Sollte der Zauber der vergangenen Nacht wiederkommen?

Er stand auf und ging ins Bad, um sich die Zähne zu putzen. In diesem Moment fiel es ihr ein – im Bad lag nicht nur ihre tolle Korsage, nein auch die unerotische „Schlankstütz-Kollektion" in der Farbe graubeige, der Farbe, die nur eine Frau ab 80 als Unterwäsche trägt. Schnell sprang sie auf und rannte an ihm vorbei, um noch zu retten, was zu retten war. Lächelnd nahm er sie in den Arm und meinte, dass er diese „Reizwäsche" schon heute Nacht gesehen hatte, als er zur Toilette musste. Er hatte extra dafür seine Brille nochmal aufgesetzt, um dieses interessante Teil genauer zu betrachten.

Vorbei war das wohlige Gefühl von soeben, denn für Elke brach eine Welt zusammen. Schlagartig fühlte sie sich bloßgestellt, da er diese unerotische Unterwäsche gefunden hatte. Wie konnte ihr das nur passieren, dass sie dieses Teil nicht entsorgt hatte? Unglücklich und enttäuscht über sich selbst begann sie sofort zu weinen. Es war ihr so peinlich, dass er diesen schändlichen Fummel gefunden hatte. Carsten tröstete sie liebevoll und bat sie unter Lachen dieses rassige Dessous noch einmal nur für ihn anzuziehen. Natürlich wehrte sie sich zuerst dagegen, denn solch eine Schmach wollte sie nicht über sich ergehen lassen.

Schließlich gab sie doch nach und fand es sogar amüsant, dass er so beharrlich war. Jetzt stand sie vor ihm, mit dieser wunderbaren verruchten Unterwäsche, ein kräftiges „graubeige" umspannte ihren Körper, alle Röllchen waren weg, aber auch der Hauch der Erotik, der zuvor in der Luft gelegen hatte. Mit hängenden Schultern stand sie vor ihm wie eine der Kohlhiesels Töchter. Sie fand sich hässlich und grau, nein sie fand sich einfach nur „beige". Er nahm sie in den Arm und meinte dann traurig: „Siehst du Elke, so habe ich mich immer gefühlt, wenn ihr früher über mich gelacht habt, weil ich so dicke Brillengläser hatte und besonders traurig war ich immer, wenn du, meine Prinzessin, über mich gelästert hattest!"

In diesem Moment sah Elke den kleinen mickrigen Carsten aus der gemeinsamen Schulzeit vor sich stehen, wie er von ihr und den anderen verarscht wurde, wie er schüchtern alles über sich ergehen ließ und sich niemals wehrte. Sie war nicht in der Lage ihre Tränen zurückzuhalten und schämte sich so sehr dafür, wie sie früher mit ihm umgegangen war. Es war für sie so unerträglich, dass sie damals nicht erkannt hatte, welch ein wertvoller Mensch in diesem kleinen, schmächtigen Jungen schlummerte und sie hasste sich heute noch dafür, dass sie sich immer von den anderen hatte aufhetzen lassen, ihn zu veräppeln. Sie weinte und konnte überhaupt nicht mehr aufhören.

Er trug sie zum Bett und begann ihr dieses schreckliche Teil langsam auszuziehen. Dabei küsste er all die Stellen, die er am Abend zuvor schon so begehrenswert fand. Sie liebten sich in einer Leidenschaft, die sie am Abend gar nicht so klar erkannt hatten. Elke erlebte, was es hieß, von einem Mann gewollt und begehrt zu werden. Immer wieder weinte sie vor sich hin und als sie sich später im Spiegel betrachtete, sahen ihr rote, verquollene Augen entgegen. Sie sah aus wie ein Kaninchen auf Speed.

Aber all das schien Carsten nicht zu stören. Er liebte und wollte sie so, wie sie war und wie sie nun mal aussah, auch mit roten Augen. Seine Lust auf sie schien unersättlich zu sein, so, als ob er all das Nachholen wollte, von dem er in den vergangenen Jahren nur geträumt hatte. Beide schliefen wieder Arm in Arm ein und als Elke später erwachte war noch alles da, der Geruch ihrer Körper, die tolle Reizwäsche, nur er – Carsten, war verschwunden.

Neben ihr lag ein Zettel mit seiner krakeligen Sauklaue, die er schon in der Schule hatte, auf dem stand:

„Mein Liebling, meine Traumprinzessin von einst! Ich habe dich in all den Jahren nicht vergessen und ich wusste, dass sich eines Tages all meine Wünsche und Träume mit dir erfüllen würden.

Es war eine wunderschöne Nacht mit dir und ich werde dich nie vergessen. Ich fliege heute zurück in meine Heimat, nach Kanada. Dort war ich verheiratet und habe drei wunderbare Kinder und meine einzige Tochter heißt Elke

– nach dir! So warst du in all den Jahren immer bei mir. In dieser Zeit habe ich immer nur dich geliebt. In meinen Träumen sahst du genau so aus, wie heute, aber ohne diese Reizwäsche. Ich gebe zu, ich habe meine Frau nur geheiratet, da sie dir etwas ähnlich sah. Mittlerweile ist diese Ehe auch daran zerbrochen. Sie war einfach nicht du. Man kann nicht mit einer Frau leben und von einer anderen Träumen.

Ich finde, dass du eine wunderschöne Frau bist und der Sex mit dir war ein Genuss. Versprich mir bitte, dass du in der Zukunft nicht mehr deinen Wert als Frau und Mensch nur nach deinem Äußeren bewertest, denn du bist eine sehr erotische und sexy Frau, auch mit den kleinen Rubensformen, oder vielleicht gerade deswegen. Ich bin nur zu diesem Treffen gekommen, da ich hoffte, dich wiederzusehen. Werde mit deiner Familie glücklich und denke ab und zu mal an mich. Ich ahnte schon im Café, dass du es sein könntest. Du hast eine besondere Ausstrahlung, die vielleicht nicht jeder Mann wahrnimmt, aber ich fühle es so.

Elke, ich habe dich immer geliebt und es wird auch so bleiben!

Dein Carsten"

Da saß sie nun, nackt mit ihrem nicht mehr so jungen Körper. Sie fühlte sich von ihm so sehr angenommen und auch geliebt, wie selten in ihrem Leben. Sie wusste, dass nach ihrer Rückkehr in ihr gewohntes Leben, in ihren All-tag, nichts mehr so sein würde, wie es einmal war.

Bei diesem Gedanken spürte sie eine gewisse Angst vor der Zukunft in sich aufsteigen. Wie sollte sie sich wieder zu Hause in ihren täglichen Trott eingliedern können, den sie so nicht leben wollte.

Wenn sie an Carsten dachte, dann zog sich ihr Herz zusammen und sie fühlte eine wohlige Wärme. Sie hoffte und wünschte sich so sehr, dass sie den Weg zurück in ihre Ehe wieder finden würde.

Mit Tränen in den Augen packte sie ihr Köfferchen. Das unerotische Schlankstützteil landete im Papierkorb. So etwas brauchte sie nun nicht mehr, denn ab heute würde sie zu sich stehen, zu sich, zu ihrem Alter, ihren Schwächen und zu ihrem nicht mehr perfekten Körper! Bevor sie die Hoteltüre schloss, sog sie noch einmal den Geruch dieses Zimmers intensiv ein. Drinnen blieb die Lei-denschaft der vergangenen Stunden und hier draußen - das war das Leben, ihr Leben!

So kann eine Nacht im Hotel ein Leben verändern!

Nach zwei Jahren stand Carsten vor ihrer Tür.

Die Liebe ist das Gewürz des Lebens,
sie kann es versüßen,
aber auch versalzen.

Zitat unbekannter Herkunft

Rache ist süß

Es war ein wunderschöner Sommertag vor vielen Jahren, als ich von meiner langjährigen Freundin Maika einen Anruf bekam. Aufgeregt teilte sie mir mit, dass sie endlich ihren Traummann im Urlaub kennengelernt hatte. Beide waren so ineinander verliebt, dass Maika sofort ihre Zelte in unserer kleinen Stadt abbrach und zu ihrem Sven nach Hamburg zog. Er nannte eine schöne, große Wohnung sein Eigen und Maika war die glücklichste Frau, die ich seit langer Zeit gesehen bzw. gehört hatte. Dieses Telefonat war dann auch für lange Jahre das letzte Lebenszeichen von ihr. Kürzlich traf ich sie zufällig an einem trüben Tag nach all den Jahren wieder. Die Wolken hingen tief und es nieselte. Das Wetter passte genau zu ihrer Stimmung. Ich hatte sie zuerst nicht wieder erkannt. Nicht, dass sie schlecht aussah, nein, sie war anders geworden. Sie hatte sich verändert. Sie war gereift, sie war nicht mehr die fröhliche, unbeschwerte Maika, die ich von früher her kannte. Für meinen Geschmack war sie zu sehr gestylt. Ihr Äußeres schien mir fast zu perfekt zu sein, als ob sie was vertuschen wollte. Wir gingen in ein kleines Café und dort musste ich feststellen, dass dieses Styling meiner Freundin wirklich nur eine Fassade war. Es ging ihr schlecht, aber sie wollte und konnte es

mir nicht erzählen, noch nicht. Nach zwei Stunden mussten wir uns wieder voneinander verabschieden. Sie fuhr
zurück nach Hamburg. Aber wir telefonierten miteinander. Dabei erzählte ich ihr, dass ich an einem Buch mit
dem Titel: **„Gehen wir zu dir oder zu mir..?"** arbeite.
Ich berichtete kurz, dass es sich in diesem Buch um Kurzgeschichten über die Liebe und das Leben handelte. Sie
unterbrach mich. „Willst du dazu auch meine Geschichte
hören?", fragte sie. Ich stutze. Dann meinte sie sehr
wehmütig, dass ihre Liebe mit Sven genau mit diesem
Satz begonnen hatte, damals im Urlaub, unter Palmen.
Maika war bereit, mir die vergangenen Jahre zu erzählen.
Sie schrieb mir einen langen Bericht, in dem sie ihre Erlebnisse mit Sven aus Hamburg schilderte. Natürlich
habe ich die Namen der beiden verändert. Meine Freundin trug im realen Leben nicht den klangvollen Namen
„Maika". Nachstehend gebe ich das wieder, was sie zu Papier brachte.Mein Name ist Maika, ich bin 35 Jahre alt
und ich habe schon einige mehr oder weniger gute Beziehungen hinter mich gebracht. Generell war es so, dass die
Männer, die mir gefielen, mich nicht wollten und die Männer, denen ich gefiel, tja, die wollte ich nicht. So waren
diverse Verbindungen zwischen mir und dem anderen Geschlecht schon von vornherein zum Scheitern verurteilt.
Aber in meinem Sommerurlaub in Spanien war alles anders. Man schrieb das Jahr 2009 und ich plante eine er-
holsame Auszeit im Süden. Leider hatte keine meiner
Freundinnen Zeit, um mich zu begleiten. Also machte ich

mich alleine auf den Weg. Nicht besonders gerne, aber zu Hause wollte ich auch nicht bleiben.

In der Nähe von Málaga hatte ich ein süßes, kleines Hotel gefunden. Es lag direkt an der Costa del Sol. Das Zimmer hatte Meerblick und war sehr schön. Genüsslich ließ ich mir die Sonne auf den Bauch scheinen. Ich genoss das Wasser und das gute Essen in vollen Zügen, da ich schon immer die spanische Küche liebte.

Bereits am ersten Abend musste ich feststellen, dass ich einen ordentlichen Sonnenbrand auf meiner Rückseite hatte. Nun ja, es hat schon Nachteile, wenn man alleine reist, da die helfenden Hände fehlen, die einem dort eincremen, wo man ohne Hilfe nicht hinkommt.

Genau diese Bemerkung hatte ein Mann auf den Lippen, als er am Abend an der Poolbar sich neben mich setzte. Ich musste schon lachen, denn wie wahr, hätte ich eine Begleitung gehabt, so würde ich jetzt nicht wie ein Grillhähnchen mit verbranntem Rücken hier sitzen. Er schien meine Gedanken lesen zu können und so kamen wir ins Gespräch. Sein Name war Sven. Er bot mir gleich recht unverblümt an, mir am nächsten Tag behilflich zu sein und mich einzucremen, damit ich mir nicht noch schwerwiegendere Haut Verbrennungen zuziehen würde. Normalerweise wäre mir diese Anmache zu plump gewesen, aber vielleicht war es der berauschende Duft von Zitronen und Sommergräsern, der in der Luft lag. Es könnte aber auch die laue Sommernacht und die Ungezwungenheit eines Urlaubs die Ursache gewesen sein, die mich so frei und unbefangen machten. Es wurde ein schöner Abend.

Wir gefielen uns.

Es schien von beiden Seiten ausnahmsweise mal die gleiche Anziehungskraft zu bestehen.

Beim Frühstück am nächsten Morgen befand ich mich schon wieder in Gesellschaft dieses besagten Herrn. Sven war bestens mit dünnen Umhängetüchern, Kappen und Sonnenschutz-Lotionen in allen Variationen, mit Faktor 15, 20 und auch 30 ausgerüstet, na, da konnte ja nichts mehr schiefgehen. Es ist sonst nicht meine Art mich von fremden Herren am Strand anfassen zu lassen, aber ich hatte damals keine andere Wahl. Entweder wollte ich am Abend auf meiner Haut weitere Blasen haben oder ich musste es zulassen, dass er mir den Rücken, mehr als ausgiebig, salbte. Ich gestand mir ungern ein, dass das schon ein schönes Gefühl war, seine Hände auf meiner Haut zu spüren. Während dieses Urlaubs bekam ich noch sehr, sehr oft Gelegenheit, seine Hände an meinem Körper zu fühlen. Denn wir verliebten uns ineinander und am dritten Abend fragte er mich den berühmten Satz: **„Gehen wir zu dir oder zu mir..?"** Kurz, wir gingen zu mir ins Hotelzimmer.

Dieser Urlaub wird mir unvergesslich bleiben. Ich hatte alles, Sonne, Meer, Sand, Strand, laue romantische Nächte und ich fand die Liebe meines Lebens. Am Ende des Urlaubs packte ich innerhalb von vier Wochen mein gesamtes Hab und Gut zusammen, kündigte meinen Job und meine Wohnung in Rosenheim und zog zu ihm nach Hamburg. Denn was hatte ich schon zu verlieren – nichts! Ich fand dort sofort eine sehr gut dotierte interessante Anstellung, also das komplette Wohlfühlpaket stimmte. Alles war wunderbar – lange schöne Jahre lebten wir glücklich zusammen und ich bemerkte erst nach einer geraumen Zeit, dass sich etwas in unserem Zusammenleben eingeschlichen hatte. Die mir bewusst werdende Veränderung kam schleichend und für mich fast unmerklich.

Etwas war sehr seltsam geworden, denn seine ausgedehnten Geschäftsreisen häuften sich immer mehr. Sie wurden zur Regelmäßigkeit. Schon zu Beginn unserer Beziehung war Sven im Außendienst in der Pharmabranche tätig. Die Orte Darmstadt und Heidelberg/Mannheim standen da regelmäßig auf dem Reiseplan, da dort die großen Pharmaunternehmen ihren Sitz haben. So war ich es gewohnt, oft alleine zu sein. Ich fand das auch völlig legitim, dass er jede Woche ein bis zweimal dort übernachtete. Man musste auch mal loslassen können und Verständnis dafür aufbringen, wenn der Job des Mannes seine berufliche Abwesenheit verlangte. Etwas flexibel sollte man als Partnerin eines erfolgreichen Geschäftsmanns schon sein. Und das war ich auch. Aber diese diversen Geschäftsreisen – natürlich mit Übernachtungen – häuften sich und dann war es so, dass er generell die ganze Woche über nicht mehr bei mir zu Hause war.

Es war schon spät am Abend, das Wochenende war vorüber und es war Sonntag. Sven war am Freitag von einer einwöchigen Reise zurückgekommen und wir hatten, wie immer an den gemeinsamen Wochenenden eine wunderbare Zeit. Am Abend vor seiner Abreise arbeitete er noch spät an seinem PC. Zu den leider notwendigen Schreibtisch Arbeiten konnte er sich meistens erst an den Sonntagabenden aufraffen. Er mochte diese Tätigkeiten überhaupt nicht. So waren dann auch seine Launen, leicht aggressiv und angespannt, da er dann generell sehr unter Zeitdruck stand. An diesem Abend wollte ich noch schnell etwas im Internet bestellen und ich bat ihn unseren gemeinsamen PC anzulassen. Ich setzte mich an die Tastatur, bestellte das, was ich erwerben wollte, schickte meine Bestellung ab und beendete mein Programm.

Aber – halt, fast hätte ich es nicht gesehen – da war noch ein Programm geöffnet! Wie konnte es anders sein, es war sein Email-Account. Er hatte ihn in der Eile vergessen zu schließen. Ich wäre wohl keine Frau gewesen, wenn ich da mal nicht etwas genauer reingeschaut hätte.

Tja, was fand ich da? Zuerst eine Menge Mahnungen! Er hatte diverse Dessous von einem diesbezüglichen Versandhandel gekauft, die er wohl noch nicht bezahlt hatte. Dazu Erotik-Spielobjekte, die ich in unserem Fundus noch nie gesehen hatte, ergo waren diese nicht für mich bzw. nicht für unsere Liebesspiele bestimmt. Ich rief die erste Mahnung auf – es war ein kleines „Nichts" in Kleidergröße 38 zu einem gepfefferten Betrag. Ich allerdings trage Kleidergröße 42. In diesem Moment verstand ich das nicht oder besser gesagt, ich wollte es nicht gleich verstehen. Ich sollte noch vieles nicht verstehen, denn ich fand mehrere solcher offenen Rechnungen von Dessous-Versand Geschäften, in denen er raffinierte Fummel in allen gängigen kleinen Damengrößen gekauft hatte. So langsam verstand ich, auf was ich da gestoßen war.

Mir wurde der Mund trocken!

Dann suchte ich weiter, immer auf dem Sprung, dass er mich dabei nicht erwischte, wie ich heimlich in seinen Mails stöberte. Plötzlich hatte ich einen Geistesblitz. Ich konnte ja alle Mails ganz schnell an meinen eigenen Account weiterleiten. Allerdings durfte ich dann nicht vergessen, die an mich geschickten Mails in seinem Versand Verzeichnis zu löschen.

Es klappte alles wunderbar, ich war erleichtert und schon kam er ins Zimmer. „Komm doch Schatz, ich habe uns ein Gläschen Wein eingegossen, lass uns einen Dämmerschoppen machen, mein Täubchen." Mir dröhnte seine Stimme richtig in den Ohren, als er mich „Täubchen" nannte. Wie blöd ich diesen Kosenamen schon immer fand. Notgedrungen schloss ich alle Programme ab und ging zu ihm ins Wohnzimmer. Mein Herz schlug bis zum Hals.

Mein Magen schmerzte. Er lag auf der Couch und bat mich, zu ihm zu kommen. Er wollte kuscheln.

Es fiel mir wirklich sehr schwer so zu tun, als ob alles in Ordnung sei und es gelang mir, meine Stinkwut auf ihn zu verbergen. Als er aber nach dem Dämmerschoppen begann noch andere Spielchen mit mir zu machen, da schlug ich ihm richtig aggressiv die Hand weg. Eigentlich wollte ich diese Reaktion nicht, aber ich konnte diesen Ausbruch einfach nicht mehr steuern. Er war natürlich total empört über meine Dreistigkeit. Das eine Wort ergab das andere und in dieser Nacht schlief er demonstrativ auf der Couch, denn einen Sven Krautmüller (so einen gewöhnlichen Nachnamen zu so einem tollen Mann, das störte Sven sein Leben lang) ließ man nicht abblitzen. Das traf ihn tief. Es war auch bisher niemals meine Art ihn abzuwehren, im Gegenteil, wir hatten ein angeregtes Intimleben – bisher! Aber wir sahen uns ja auch meistens nur an den Wochenenden.

Am nächsten Morgen verließ er bereits um 6 Uhr die gemeinsame Wohnung, um wieder seine Geschäftsreise zu starten. Diesmal ging es nach Mannheim. Ich konnte ich es kaum erwarten, dass er die Wohnungstüre endlich von außen schließen würde. Ich rannte, ja ich rannte in übergroßen Hausschuhen und im Schlafanzug in unser gemeinsames Büro und begann mit zitternden Händen den alten PC zu starten. Mir brummte der Kopf, ich war todmüde, denn ich hatte in der vergangenen Nacht kaum geschlafen, da ich endlich sehen wollte, was mir das Innenleben meines und natürlich besonders seines Accounts zu bieten hatte. Endlich war der Rechner hochgefahren und ich konnte meine Mails öffnen. Ja, die Transaktionen hatten geklappt. Alle von seinem Account überspielten Daten waren komplett vorhanden. Das hatte ich super gut hinbekommen!

Mit zitternden Fingern begann ich die erste der Mails zu öffnen. Diese Kennung sagte mir nicht viel, es klang nach einem Firmennamen. Aber schon beim ersten Wort wusste ich, dass darin kein geschäftlicher Inhalt zu finden war. Es war eine Frau mit dem Namen Miriam und sie schrieb meinem Freund glühende Liebesbriefe. Als ich diese Zeilen überflog, schlug mir das Herz bis zum Hals. Das konnte doch nicht sein. „Das ist bestimmt ein Irrtum", dachte ich. Es ist kaum zu glauben, aber solche einfältigen Gedanken hatte ich tatsächlich in diesem Moment. Aber nein, es war keine Fehleinschätzung, es war die Realität, die mich gerade schonungslos eingeholt hatte. Tief in meinem Inneren erkannte ich, dass die Mauern meiner heilen Welt zu wackeln begannen. Diese Dame war anscheinend immer der Grund für seine Geschäftsreisen nach Mannheim – und heute Morgen war er wieder dort hingefahren.

Mir wurde schlecht!

Aber es kam noch schlimmer. Ich fand Mail nach Mail von ihr an ihn und zum Glück hatte ich auch die von ihm geschickten Schreiben gestern Abend noch rasch an meinen Account geschickt, denn das war mehr als interessant zu lesen, was da stand. Es war schon wissenswert zu erfahren, was der eigene Partner an stürmischen Nächten mit anderen Frauen so erlebte und wie er die Liebestätigkeiten dieser Frauen verbal glorifizierte. Später stellte ich mit Genugtuung fest, dass er dabei sich nicht sehr einfallsreich verhielt, denn er schrieb an all seine Grazien immer die gleichen Texte. Da ich wusste, dass er ein bequemer und fauler Sack war, nahm ich an, dass er sich sicherlich diese Worte als Textbausteine gespeichert hatte. Es war zwar wissenswert, aber es war nicht schön für mich, die Wahrheit so ungeschminkt erkennen zu müssen.

Es tat mir weh!

Ich weinte! Ich weinte, weil ich müde war, ich weinte, weil ich mich momentan nicht wehren konnte und ich weinte, ja – ich weinte, weil ich jahrelang so blöd war und das Doppelleben meines Partners nicht bemerkt hatte. Er teilte seit vielen Jahren während seiner Geschäftsreisen diverse Schenkel in deren Betten und ich hatte keine Ahnung davon gehabt. Ja, ich musste wohl wirklich mehr als blind, blöd und dusselig gewesen sein! Man glaubt es kaum, ich fand sage und schreibe vier Frauen, die mit ihm die

Woche teilten. Eine in Mannheim, die andere in Darmstadt, die dritte in Frankfurt, die vierte lebte auf so einem Kaff bei Frankfurt und dann war ich die Nummer fünf.

Eines musste man ihm ja lassen, potent war er!

Selbst wenn er dann nach all diesen Liebeserlebnissen zu mir nach Hause kam, hatte ich nie den Eindruck, dass er eventuell mal keine Lust auf mich gehabt hätte. Ganz im Gegenteil, dieser geile Bock! Er konnte anscheinend immer! Nicht ein einziges Mal war mir etwas aufgefallen, keine Veränderung, keine Ungereimtheiten, nichts – niemals. Er hatte sich nie verraten, er hatte nie meinen Geburtstag vergessen, er hatte auch nie versehentlich mich beim falschen Vornamen genannt. Aber dazu fand ich später dann ganz schnell die passende Erklärung, denn er nannte alle seine Gespielinnen „Täubchen", so wie mich. Mit dieser Handhabung konnte ja auch nichts schiefgehen! Ich konnte diesen Kosenamen „Täubchen" ja noch nie leiden, aber jetzt hasste ich ihn!

Meiner Übelkeit wichen dicke Tränen, denn was ich in den einzelnen Mails so alles fand, das war der Gipfel. Man wird es mir wohl nicht glauben, aber es ist die Wahrheit! Am vergangenen Weihnachtsfest – das war ja erst vor vier Wochen gewesen – hatte er sich um sein bestes Stück ein rotes Schleifchen als weihnachtliche Deko gebunden, das gekonnt fotografiert und dieses Foto mit den

besten Grüßen zum Fest an all seine Bettvorleger verschickt. Glauben sie mir, liebe Leserinnen und Leser, das
ist die Wahrheit, es ist nichts erdacht und auch nicht
übertrieben oder gelogen!

Zurück erhielt er ebenfalls aussagefähige Fotos der
einzelnen Frauen. Die eine, es war die Rothaarige, die
hatte ihm ein Bild von ihren dicken Brüsten geschickt,
verziert mit einem Tannenzweig und knackig verpackt in
knappen Dessous, die er ihr wohl geschenkt hatte und die
– wie immer – sicherlich nicht bezahlt waren. So musste
ich jedenfalls die vielen Mahnungen deuten, die ich in seinem Account gefunden hatte.

Von der anderen Tusse, es war eine kesse mit
bordeauxroten Haaren, fand ich ein Foto mit einem
Häschen-Outfit und schwarzen Netzstrümpfen. Auch das
schien ein Geschenk von ihm zu sein. Der Schnappschuss
zeigte eine Frau mit extrem kurzen, unförmigen Beinen
und mit total viereckigen und plumpen Füßen. Wenn mein
Freund eines überhaupt nicht leiden konnte, dann waren
das hässliche Füße. Aber ich denke, sie hatte wohl so tolle
andere Qualitäten, dass er darüber hinwegsehen konnte.
Anscheinend war es so, dass Sven deren dicke Beine und
Füße diskret zur Seite klappte, denn nur der Inhalt zwischen den Schenkeln war wohl das „non plus Ultra" für
ihn.

Mittlerweile war mir so schlecht, dass ich mich in meinem Betrieb krankmelden musste. Ich hatte noch nicht

mal die Unwahrheit gesagt. Ja, ich war krank, ich war wirklich krank! Ich war krank im Herzen und an meiner Seele. Es tat mir so weh, das alles zu sehen zu müssen!

Dann fand ich die nächste Dame, sie hieß Franka und war sein wasserstoffblondes Täubchen, mit einer totgebleichten und verkrotzten Frisur. Da möchte ich lieber nicht so detailliert beschreiben, welches ihrer intimen Körperteile sie von sich fotografiert hatte. Im Nachhinein erkannte ich, dass Sven dieses Foto gemacht haben musste, denn wie hätte sie sich in dieser Pose alleine fotografieren können, denn sie war eifrig dabei mit beiden Händen das Teil noch deutlicher zu präsentieren. Und dann war das Foto noch nicht mal verwackelt. Wie konnte Sven bei so einem Anblick eine ruhige Hand bewahren? Ich musste mich in den nahen Papierkorb übergeben. Das war wirklich zu viel an Geschmacklosigkeiten! Das hätte ich besser nicht gesehen.

Dann fand ich noch andere Fotos von zwei weiteren Frauen, aber diese Bilder waren noch manierlich. Ich musste feststellen, dass Sven wohl einen Hang zu billigen blonden und rothaarigen und leider auch schlanken Frauen mit großen üppigen Front Kurven hatte. Ich dagegen bin ein dunkler Typ und meine Oberweite würde ich als nur normal bezeichnen und somit bin ich genau das Gegenteil von diesen Weibern. Mit solchen überquellenden Möpsen konnte ich nicht mithalten. Meine Kurven sind mehr an meinem Hintern zu finden, also genau dort, wo es Sven angeblich so sehr an mir liebte.

Wie schon so oft in meinem bisherigen Leben fühlte ich mich schlagartig minderwertig und miserabel, da ich nicht besonders schlank war. Mein mangelndes Selbstwertgefühl war ein Problem, das ich einfach nicht in den Griff bekam. In meinem bisherigen Leben akzeptierte ich mich nie so, wie ich wirklich war. Ständige Diäten begleiteten mich. Ich wollte immer anders sein, als ich nun mal war, immer schlanker und schöner. Niemals stand ich zu meinen körperlichen Schwächen. Da ich mich selbst, so wie ich nun mal war, nie liebte, konnte ich mich bis zum heutigen Tage nicht so mollig annehmen und respektieren. Und die gefundenen Bilder von diesen jungen schlanken Frauen taten meinem Selbstwertgefühl natürlich nicht gut.

Wie entwürdigend war das doch im Nachhinein für mich, wenn ich bedachte, was ich alles über mich ergehen ließ, nur um ihm zu gefallen. Trotz all meiner Bemühungen reichte ich ihm anscheinend nicht aus. Wie ich ja nun feststellen musste, suchte er ständig den Kick bei anderen Frauen. Es tat mir so weh und ich war mir sicher, dass er unsere intimen Liebesspiele genauso mit diesen anderen Weibern praktizierte. All das, was nur für Sven und mich in unseren innigen Stunden gelten sollte, machte er nun mit diesen anderen drallen Tussen auch. Er hatte unsere Liebe verraten, er hatte mich verraten, er hatte sich verraten. Was noch übrig blieb, waren Erinnerungen an eine gute und schöne Zeit, eine Schublade voller Sex-Spielzeuge und Dessous aus unseren glücklichen Zeiten. Erneut würgte es mich. Der nahe Papierkorb war wiederum das Opfer.

Mein Selbstbewusstsein und meine Selbstliebe waren zerstört und lagen mal wieder total am Boden. Was sollte ich tun? Ich konnte mir das doch nicht gefallen lassen! Aber wie sollte ich mich aufgrund dieser Fotos und der Emails verhalten? Wenn ich ihn direkt mit dieser Situation konfrontieren würde, dann hätte ich sofort das Spiel verloren. Nein, diesmal hatte ich vor, mich von ihm nicht wieder demütigen zu lassen. Ich wollte arglistig sein und subtil agieren! Mein Gehirn arbeitete auf Volltouren. Was sollte ich tun, wie sollte ich vorgehen, dass es für mich effektiv sein würde? Ja – ich bin eine Frau und eine Frau ist klug und ich war klug! Ich wollte Rache und Vergeltung!

So beschloss ich meinen Feldzug gegen ihn nicht überhastet zu starten, sondern präzise zu planen und zu warten, bis ich eine wirklich grandiose Idee hatte. Das schien mir momentan der bessere Weg zu sein. Ja ich musste beharrlich abwarten, auch wenn es mir sehr schwerfiel. Stundenlang überlegte ich, was zu tun war, wie mein Vergeltungsschlag aussehen sollte. Aber einen Weg zu finden, der perfide, hinterlistig und doch genial war, das war nicht so einfach, denn alles musste hieb- und stichfest sein. Meine grauen Gehirnzellen vibrierten.

Wie sollte ich mich Sven gegenüber verhalten? Ein direkter verbaler Angriff auf ihn war witzlos, denn er würde alles leugnen, trotz meiner Beweise. Ich würde ihm sogar zutrauen, dass er mich beschuldigen würde, dass ich das alles fingiert hätte, um ihm zu schaden. Das ist kein Witz, liebe Leserinnen und Leser, ich habe während unserer Beziehung solche Situationen an hirnrissigen Schuldverschiebungen von ihm des Öfteren erlebt. Wenn er sich in die Enge getrieben fühlte, vollzog er innerhalb von Sekunden eine Persönlichkeitsveränderung, die mir Angst einjagte. Seine gestörte Wahrnehmung war in solchen Momenten wirklich bedenklich.

Dann hatte ich endlich eine vage Idee! Ich musste alles so einfädeln, dass ich überhaupt nicht in Erscheinung treten würde. Sozusagen anonym musste ich zuschlagen. Da würde sich doch das Internet am besten dazu eignen. Das wäre doch bestimmt ein sehr geeigneter und guter Weg! Nach kurzem Nachdenken hatte ich mich dazu entschlossen, unter fingiertem Namen und einer erfundenen Mail-Adresse meinen ganz persönlichen Schlachtplan gegen meine Gegnerinnen und auch gegen Sven zu starten. Wie die Einzelheiten aussehen sollten, das wusste ich leider immer noch nicht. Meine Grübeleien arteten gedanklich fast zu einer ganz unkontrollierbaren Vendetta gegen meine vermeintlichen Gegnerinnen aus.

Ich zwang mich zur Ruhe und so langsam nahm mein Racheplan Gestalt an. Mein Herz hüpfte, ja das war ein guter Gedanke, den ich da plötzlich hatte. Danke ihr Engelchen, da habt ihr Mal wieder eure Finger im Spiel gehabt. Mein Geistesblitz bestand darin, sein Foto von seinem besten Stück und der roten Schleife als Grundlage meiner Vergeltungsmaßnahme per Internet zu starten. Aber wie ginge es dann weiter? Dann hatte ich eine weitere Erleuchtung. Ich wollte Sven vorgaukeln, dass eine seiner Weiber das von ihm verschickte Foto seines Pimmels an ihre Freundinnen weitergeleitet hatte, um damit anzugeben, welch geiler Liebhaber in ihrem Bett zu finden war. Und genau diese fiktive Freundin sollte Sven durch einen ebenfalls fingierten Account kontaktieren und ihn „anonym" sozusagen zu dem Foto seines Schniedels mit der roten Schleife ansprechen.

Das könnte so klappen, denn bekanntlich ist das eine typische Frauensache, vor Freundinnen glänzen zu wollen, dachte ich mir. Auch wenn Sven immer einen auf „cool" machte, aber so einen Vorfall, dass sein Schwanz in diversen PCs umhergeisterte, das würde ihn treffen, das wusste ich. So gut kannte ich ihn. Damit wollte ich ihm, der mich seit Jahren so erbärmlich beschissen hatte, den Angstschweiß auf die Stirn treiben. Nun sollte er durch mich das Grausen kennenlernen, als Dankeschön für seine Missetaten, die ich durch ihn ertragen musste. Es sollte ihn richtig umhauen, so wie es mir jetzt ergangen war.

Mein Innerstes blockierte immer wieder meine wirren Gedanken durch meine Rachegefühle gegen ihn. Ich konnte diese immer wieder aufkeimenden Hassgefühle einfach nicht steuern. Es war, als wenn Wasser aus einer Schüssel überschwappt, das dann auch nicht mehr aufzuhalten ist. Kaum hatte ich wieder einen klaren Gedanken gefasst, da schoben sich erneut die Bilder dieser Frauen vor mein geistiges Auge und vorbei war es mit meinem klaren Verstand, denn meine wilden Rachegefühlte verursachten mir Herzklopfen, Magenschmerzen und eine Stinkwut. Es war zum Mäuse melken. Ich wollte ihm schaden, und zwar so richtig schlimm schaden.

Mein Ego brannte so sehr darauf, mich zu rächen. Ich wollte, dass Svens Herz stolpern und ihm vor Schreck in die Hosen rutschen sollte, wenn er mit dem von mir fingierten Vorfall konfrontiert werden würde. Diese offensichtlich klar erkennbare „getürkte Mail-Adresse" mit dem krassen Inhalt des Begleitschreibens und des Fotos seines Schwanzes, sollten ihm die Haare zu Berge stehen lassen.

Meine Feindseligkeit wuchs ins Unermessliche. Am liebsten hätte ich diese Mail noch mit Pockenviren verseucht, die sein hübsches Gesicht für immer entstellen sollten. Meine Gedanken arteten so abartig aus, dass ich über mich erschrak. Aber ich konnte nicht anders. Ja, in diesem Moment hasste ich ihn aus vollstem Herzen. Wie seltsam, dass aufgrund von Enttäuschungen sich eine einstmals so große Liebe so rasend schnell in Hass verwandeln konnte. Auch das ist so ein Frauending – kein Mann kann so voller Inbrunst hassen, wie das eine gedemütigte Eva kann. Und nun gehörte ich auch zu diesem Kreis der Hassenden – ich, die eigentlich eine Seele von Mensch war. Ich fühlte mich schlagartig wie Medea, hin und her gerissen zwischen Recht und Unrecht, und ich hoffte inbrünstig, dass Sven nicht erkennen würde, dass ich hinter dieser Aktion stand.

Aber alles step by step – langsam mit den alten Pferden.

Um meinen Schlachtplan erfolgreich ausführen zu können, brauchte ich einen ruhigen Puls und den absoluten Scharfsinn meiner grauen Gehirnzellen. Aber leichter gesagt als getan. Mit vor Aufregung kalten und steifen Fingern begann ich den neuen Account mit einem dazugehörigen Namen zu eröffnen. Aber, welchen sollte ich auswählen? Es war mir ein starkes Bedürfnis, dass Sven sofort beim Lesen des E-Mail Absenders bemerken würde, dass da was faul war im Staate Dänemark.

Dann hatte ich einen zündenden Gedanken – ich gab unter dem Nachnahmen „Täubchen" ein, da das ja immer seine üblichen Formulierungen in all seinen schwülstigen Mails an seine diversen Weiber war. Dann wurde nach dem Vornamen gefragt, da fügte ich „Liebes" ein. Also lautete die neue fingierte Mail-Kennung; „Liebes Täubchen". Mein

Herz schlug wie wild. Wenn Svenilein trotz seiner Geilheit noch etwas Hirn besaß, so müsste es ihm bei dieser Kennung sofort klar werden und in seinem Oberstübchen klingeln, dass ihm mit dieser Mail sein persönliches Waterloo bevor stand! Zufrieden rieb ich mir die Hände. Bisher war ich gut, sogar sehr gut, so sollte es bleiben! „Maika", sagte ich mir, „behalte die Nerven!" Sehr konzentriert nahm ich den mir noch verbliebenen Rest meines gesunden Menschenverstandes zusammen, um keinen nennenswerten Fehler zu machen. Beim Fortschritt meines fingierten Accounts musste ich feststellen, dass so ein Programm doch mehr als dämlich ist, denn man fragte mich tatsächlich: „Frau oder Mann?" Ich gab „Frau" ein. Irgendwie hielt ich die Luft an, als ich nach dem letzten Buchstaben dieses Wortes das ausschlaggebende Kommando startete. Trommelwirbel, ich konnte es nicht glauben, das wurde tatsächlich vom System angenommen, warum auch nicht, denn denken konnte diese Blechkiste ja nicht.

Das ging ja besser, als ich gedacht hatte! Nun war „Frau Liebes Täubchen", geboren – ich gab dann noch das Geburtsdatum von Sven ein, wohnhaft in Gailenbach.

Dann wollte das System eine Telefonnummer von mir haben. Schnell gab ich Svens Telefonnummer ein, in der Hoffnung, dass vom System kein Kontrollanruf gestartet werden würde. Endlich war es geschafft, ich vermerkte noch schnell den gewünschten „geheimen Pin-Code" – ich wählte dazu „Scheißkerl", denn diesen Pin würde ich bestimmt nicht vergessen. Dann war es perfekt: „Frau Liebes Täubchen" hatte einen eigenen Account! Tief atmete ich durch. Schon ging es mir besser!

Doch was sollte ich nun tun? Ich kontrollierte noch mal meine Eintragungen und wirklich, es war mir gelungen, ein Phantom zu registrieren. Zusätzlich wurde ich vom System freundlichst angeschrieben: „Frau Liebes Täubchen", wir begrüßen Sie unter „liebes-täubchen@.........de."

So, das war erfolgreich vollendet – und was kam nun? Um ganz sicher zu gehen, schickte ich von meinem Account eine Mail an „liebes-täubchen@.........de". Auch das klappte, also konnte ich sicher sein, dass mein nachfolgender Plan auch auszuführen war. Erschöpft musste ich nachdenken. Dazu holte ich mir einen Cognac und begann daran zu nippen und das, obwohl es noch sehr früh am Morgen war. Sofort trat eine wohlige Wärme in meinen Körper ein. Meine geschundene Seele beruhigte sich sofort. Dieser gute Tropfen tat mir sehr gut, ich fühlte mich schlagartig locker und befreit. Sehr befreit sogar. Der Alkohol durchflutete meinen müden Leib, gelangte bis in meinen Kopf und rüttelte mein Hirn wach. Plötzlich überschlugen sich meine Gedanken und dann wusste ich definitiv, wie ich weiter vorgehen sollte und wollte. Ja, genau so würde ich es machen!

Zuerst wollte ich die Tussis fertig machen. Mein Plan mit Sven musste noch etwas warten. Ich hatte für die

Textformulierung zu seinem Tiefschlag noch nicht die passende Idee auf Lager. Außerdem glaube ich, dass mir mein Inneres doch noch eine gewisse Schonfrist für ihn suggerierte, denn tief in meiner Seele hatte ich Angst vor den Folgen meiner Aktion gegen ihn. Trotz meiner Verbitterung und meiner Stinkwut auf ihn, war mir schon klar, dass diese Maßnahme das Ende unserer Beziehung sein würde. Selbst wenn Sven nicht gleich bemerkte, dass das alles auf meinen Mist gewachsen war, wusste ich, dass eine Trennung meinerseits definitiv war, denn mein letzter Rest Selbstachtung verlangte danach!

Daher wollte ich mich zuerst an diesen Weibsbildern austoben. Mein Plan war der: Ich beabsichtigte all die freizügigen Fotos, die diese Schnepfen meinem Sven geschickt hatten, an eine der anderen Geliebten zu versenden. Dazu würde ein klarer und sehr aussagefähiger Begleittext, der dann gezielt auf die jeweilige Schnepfe zugeschnitten war, die Fotos begleiten. Für das erste Täubchen wählte ich das verfängliche Foto von der zweiten Schlampe aus und der zweiten Geliebten würde ich die delikate Aufnahme von dem dritten Weib schicken, dem dritten Betthasen drohte der Schnappschuss der Geliebten Nr. 4 und so weiter und so fort – mit einem entsprechenden noch nicht ausgereiften Begleitschreiben meinerseits. In allen Fällen würde ich mich unter dem fingierten Account als „Liebes Täubchen" outen.

Aber welchen Inhalt sollte ich für den Text auswählen? Das war mir bisher noch nicht klar. Vorsichtig arbeitete ich erst nur mit Entwürfen. Die teilweise pornografischen Fotos hatte ich perfekt an die verschiedenen Weiber ausgewählt. Dabei war mir kein Fehler unterlaufen, alles war korrekt auf den einzelnen Entwurf-Dateien platziert. Nichts durfte dabei schiefgehen. Ich freute mich schon insgeheim darauf, dass eine der Tussis das Foto von dieser Franka bekommen würde, die darauf so offenherzig das Epizentrum zwischen ihren Beinen präsentierte. Und die anderen bekamen die prallen Brüste oder die neckischen Ablichtungen der erotischen Zentren der anderen Betthäschen von Sven.

Ich gebe allerdings zu, dass das manchmal gar nicht so einfach war, diese Fotos auf den jeweiligen Mails zu verewigen, denn diese ominösen Bilder der diversen Täubchen verschwanden immer wieder von der Bildfläche. Da war wohl mein versteckter Wunsch der Vater des Gedankens gewesen! Aber ich wäre ja nicht eine rachsüchtige Frau gewesen, wenn es mir nicht gelungen wäre, das in den Griff zu bekommen. Noch heute bin ich darauf stolz, dass ich mit Tränen in den Augen und einer Sauwut und dann noch mit einem großen Glas Cognac im Bauch bereits morgens zu solchen Taten fähig war. Schon Wilhelm Busch kannte sich mit diesen flüssigen Seelentröster aus. Von ihm stammt das bekannte Zitat:

Es ist ein Brauch von alters her.

Wer Sorgen hat, hat auch Likör.

Na gut, bei mir war es kein Likör, sondern Cognac.

Meine Gedanken kreisten nach wie vor ununterbrochen. Sie fanden keinen Halt. Mein Hass war so brennend, dass ich nur bösartig, abartig vulgär und saugrob agieren wollte. Tausende Ideen für den Text schossen mir wirr durch den Kopf. Aber ich konnte mich nicht konzentrieren, um etwas Fundiertes zu schreiben. Nur über einen Punkt hatte ich mir bereits Klarheit verschafft, meine Aktionen in Bild und Schriftform sollten diesen Weibern ordentlich die Petersilie verhageln und eine riesige Wut auf Sven bewirken.

Mein Herz klopfte. Mein ganzer Körper pulsierte unruhig. Ich möchte nicht wissen, wie hoch in diesen Momenten mein Blutdruck war. Mir hämmerte das Blut in den Schläfen. Ich merkte, dass ich mich verzettelte. Ruhe, absolute Ruhe war angesagt, Konzentration und Klarheit für meine wirren Anfeindungen, die mich sonst nicht zu dem gewünschten Erfolg führen würden. Schwer musste ich atmen, um mich zu beruhigen. Endlich gelang es mir ruhiger zu werden und ich konnte meine Gedanken wieder in gerade Bahnen lenken!

Mit einem etwas klareren Blick auf die Brisanz der Dinge startete ich durch. Endlich hatte ich eine exakte Vorstellung auf die Relevanz der pikanten Sachlagen und so begann ich die Texte an diese Frauen vorzubereiten. Die Härte dieser einzelnen Schreiben sollte davon abhängen, wie ordinär und impertinent die eigenen Bilder dieser Frauenzimmer waren. Die Entscheidung für das erste Schreiben fiel eindeutig auf diese Franka mit ihrer offenherzigen Präsentation ihres Lustzentrums. Immer wieder ertappte ich mich, dass ich mir verstohlen das Foto ihrer Vulva genauer anschaute. Und immer wieder zog sich mein Magen zusammen, wenn ich sah, wie sie ihre Muschi präsentierte. Wenn ich mir vorstellte, wie Sven diese Stelle an ihr vielleicht besonders geliebt und verwöhnt hatte, nein, nein, nein, so musste ich mich nicht quälen.

Also, diese kleine blonde Franka-Schlampe hatte ich mir als erstes Opfer auserkoren, die sollte das meiste Fett abbekommen. Denn das ordinäre Foto von ihr, das war schon die absolute Härte! Das war mehr als übel! Gewaltsam musste ich diese mich so verletzenden Gedanken wegschieben. Schon schnürte sich mir der Hals erneut zu und es kamen mir die Tränen. „Also Frankalein, ziehe dich warm an!" schoss es mir durch den Kopf.

Aber mir fiel noch immer kein passender Text für das Begleitschreiben ein. Welchen gepfefferten und sehr deutlichen Wortlaut sollte ich für sie formulieren, denn nur das Foto einer Nebenbuhlerin in Dessous würde bei ihr nicht ausreichen, um ihr einfach gestricktes Gemüt gegen Sven in Wallung zu bringen. Der Text musste einfach und äußerst primitiv formuliert sein und sie unbedingt verletzen, um sie so auf Sven stinkig zu machen.

Mit offenen Augen träumte ich davon, diesem Luder einen besonderen Kinnhaken zu verpassen. Sie sollte k.o. gehen! Sie wollte ich auf den Brettern liegen sehen! Nach meiner Attacke würde sie bestimmt niemals mehr solche obszönen Unterleibs Fotos von sich versenden! Aber was sollte ich da nur schreiben? Der Text musste knallhart sein, denn ich nahm an, dass die schon einen Stiefel vertragen konnte, bevor sie mal nach Luft schnappen würde.

Obwohl mein Inneres und auch meine Gedanken unkontrolliert fahrig waren, bemerkte ich doch, dass sich so langsam irgendetwas in mir verändert hatte. Ich spürte es genau. Denn mittlerweile waren mir die ausgefeilten Feinheiten der Texte an diese Frauen gar nicht mehr so wichtig, nein, ich hatte angestrengt nachgedacht und dabei war ich zu der Erkenntnis gekommen, dass mein Freund eigentlich der Hauptübeltäter war und nicht nur diese Frauen. Egal was sie auch an freizügigen Fotos an ihn geschickt hatten. Er war es, Sven, der Scheißkerl, der dreist und hinterfotzig mich über Jahre verschaukelt hatte. Meinen geliebten Svenilein, den musste ich mir besonders schonungslos zur Brust nehmen. Er sollte spüren, zu was ich fähig war.

Gedanklich sah ich ihn schon wimmernd am Boden lie-gen, denn eigentlich war er ja ein Jammerlappen. Das hatte ich, während unserer Beziehung, mehr als einmal enttäuscht feststellen müssen. Er hatte in schwierigen Zeiten nie einen Arsch in der Hose gehabt und steckte gerne den Kopf in den Sand und noch lieber hielt er sich die Hände vor seine Augen, um nicht zu erkennen, welch ein Weichei er im Grunde doch war. Aber bis zu seinem knock out war noch ein langer beschwerlicher Weg zu be-wältigen.

Zuerst musste ich den Text für Franka fertigstellen, bevor ich mich Sven widmen wollte. Meine Finger begannen nen über die Tastatur zu fliegen, mein Gehirn arbeitete fieberhaft, mein Unterbewusstsein präsentierte mir all die Impulse, die ich brauchte, um einen unter die Gürtel-linie gehenden Text zu verfassen. Ich sah die folgenden Worte vor mir stehen:

„Liebe Franka,

du alte Schlampe, wusstest du eigentlich, dass du in all den vergangenen Jahren nicht alleine die Gespielin deines Liebhabers Sven warst?

Das glaubst du nicht, na, dann schau dir mal die inte-ressanten Fotos deiner Nebenbuhlerinnen an, die ich dir schicke. Damit du die Sachlage auch wirklich glaubst, sende ich dir dazu auch die dazugehörigen Briefe von Sven an diese Damen. Diese Tatsache wirst sogar du mit deinem beschränkten Hirn erkennen. Du siehst, dass du nicht alleine in den Genuss seiner Verführungskünste gekommen bist.

Dir ist doch hoffentlich klar, dass er dich Flittchen nur be- und ausgenutzt hat. Du warst für ihn in all der Zeit nur eine von vielen. Du warst seine Matratze, sein Bettvorleger, sonst nichts. Er hat dich durchgevögelt, wie ein läufiger Hund bestiegen und mehr warst du ihm nicht wert. Er ist aus deinem Bett am Morgen aufgestanden, um am Abend in ein anderes zu gehen.

In diesem Moment des Schreibens wurde mir klar, dass Sven es ja genauso mit mir gemacht hatte. Denn auch mich benutzte er als seinen Bettvorleger und auch aus meinem Bett stand er am Morgen auf, um sich am Abend in das seiner Geliebten zu legen. Ich weinte hemmungslos.

Und noch etwas, hast du denn keine Angst, dass ich deine ach so offenherzigen Fotos deiner Möse, versehen mit deinem Namen, Telefonnummer und der genauen Adresse ins Internet stellen könnte? Facebook oder YouTube wären bestimmt die geeigneten Plattformen dafür. Ich sehe schon die vielen Klicks zu dieser Präsentation vor meinen Augen. Diese Veröffentlichungen deines Untergestells wären sicherlich ein Knaller und ein voller Erfolg. Alle geilen Kerle der Republik würden vor deiner Haustüre Schlange stehen.

Na, hast du nun schlaflose Nächte? Ich wünsche sie dir! Und damit du siehst, dass das mit den anderen Frauen *seine Richtigkeit hat, schicke ich dir deren E-Mail-Adressen. Dann könnt ihr Kontakt miteinander aufnehmen und euch euer Leid klagen. Ich sehe schon in Gedanken, wie ihr euch gegen den Schurken Sven verbündet. Seid nicht zimperlich und macht ihm die Hölle heiß! Schließlich hat er euch in all den Monaten nur belogen und betrogen.*

Deine Freundin"

Als ich so schrieb, kam mir die Idee, diese Franka nicht nur mit einer Geliebten, nein gleich mit allen Weibern zu konfrontieren. Zusätzlich manifestierte sich noch der Gedanke, auch die E-Mail-Adressen der einzelnen Frauen generell zwecks Kontaktaufnahme an die anderen Geliebten weiter zu leiten.

Als ich das Schreiben noch mal las, zog sich mir das Herz zusammen. Waren das wirklich meine Worte? Stammten die aus meinem Kopf? Anscheinend war ich momentan wirklich locker zu solch ekelhaften Formulierungen fähig. Bisher hatte ich immer gedacht, dass ich als Mensch mit Herz und Verstand auf dieser Welt leben würde. Aber ich musste leider feststellen, dass ich momentan so abgrundtief hasste, mich primitiv und ordinär ausdrückte und, dass ich wirklich zu allem fähig war. Mir offenbarte sich gerade sehr schonungslos die schwarze Seite meiner Seele.

Wie tief war ich doch gesunken! Mein Verstand und mein gutes Benehmen waren mir durch diese Sache völlig abhandengekommen. Was war nur aus mir geworden? Ich merkte, dass eine gewisse Traurigkeit über mich kam. Eine Trauer, dass ich soweit abgerutscht und zu solchen Taten fähig war. Und welches Vokabular ich da benutzt hatte, so billig und vulgär! Schnell schob ich all diese Bedenken zur Seite. Es musste weitergehen, noch war nicht alles in trockenen Tüchern.

Tief atmete ich ein! So, dieses blonde Flittchen hatte als erste ihr Fett abbekommen, aber den drei anderen Grazien sollte es nicht besser ergehen. Nach kurzer Überlegung wählte ich einen nicht gar so krassen Text, ließ die allzu vulgären Worte heraus und änderte nur die Namen entsprechend ab. Natürlich durfte ich die aussagefähigen Fotos der anderen Geliebten und deren Mail-Adressen nicht vergessen beizufügen, ebenso auch die entsprechenden Antwortschreiben von Sven an diese anderen Frauen. Alle Schreiben standen auf Entwurf zum Versand bereit.

Jetzt musste ich damit nur noch auf den richtigen Zeitpunkt warten, dann ging sie ab, die Post an all diese Weiber! Na, sicherlich würden diese vier Damen sich unbändig freuen, wenn sie erkennen mussten, dass dieser geile Bock, mein oder besser gesagt „unser geliebter Sven", sie nur beschissen und hintergangen hatte, genauso wie mich.

Eine leichte Erschöpfung und Müdigkeit stieg in mir auf. Ich machte eine kreative Pause meiner Hassattacken und öffnete das Fenster des Büros. Eine kalte trockene

Winterluft schlug mir entgegen. Durch meine Atmung bildeten sich dicke Schwaden in der Luft, tief sog ich sie ein. Sofort fühlte ich, dass mein Kopf klarer wurde. Auf der Straße sah ich die geparkten Autos stehen, deren Scheiben total zugefroren waren. Automatisch fröstelte es mich und ich zog meine Strickjacke über meinem Schlafanzug enger zusammen. Ich war noch immer nicht im Bad gewesen, um mich zu waschen und anzuziehen. Wie schnell man verlottern kann, wenn die Psyche nicht stabil ist. Ganz deutlich registrierte ich, dass meine Seele nicht nur blaue Flecken bekommen hatte, nein sie war total umnebelt von einem tristen grau. Da half mir auch der schöne Wintertag nicht, denn so langsam blinzelte die schwache und noch blasse Sonne durch die Wolken.

Was war zu tun, damit ich nicht schlapp machen würde? Ich gönnte mir zur Belohnung noch ein Gläschen von dem tröstlichen Hochprozentigen! In meinen übergroßen Puschen schlurfte ich zum Schrank und goss mir noch ein kleines Schlückchen davon ein. Als ich merkte, wie der Alkohol in meinem Innern ankam und mich etwas aufpeppte, ging es mir wieder besser.

Zurück an meinem Schreibtisch bemerkte ich, dass ich trotz meiner Abscheu gegen diese Weiber, noch immer insgeheim den eigentlichen Schurken nicht bestrafen konnte und wollte. Durch meine Triaden an diesen Frauen hatte ich den eigentlichen Übeltäter, meinen Sven, nur sekundär mit meinen Hassattacken bedacht. Es fiel mir schwer, gegen ihn vorzugehen. Meine Seele sträubte sich indirekt dagegen, meine große Liebe, meinen Sven wirklich fertig zu machen.

Immer wieder schob ich es vor mir her, meine Attacke gegen ihn zu starten. Mein Herz war anscheinend noch immer nicht bereit, ihn fertig zu machen, denn innerlich wusste ich natürlich ganz genau, dass das dann das AUS unserer Liebe bedeuten würde. Aber es half mir nichts, ich musste diese Hürde überwinden. Er musste sein Fett abbekommen, denn er lebte ja dieses Doppel – eigentlich Fünffach Leben – nicht diese Täubchen! Sie waren für ihn ja nur Mittel zum Zweck.

Angestrengt dachte ich nach und je mehr ich die Sache vor meinem geistigen Auge ablaufen ließ, umso stinkiger wurde ich auf Sven. Aufgrund dieser Erkenntnis überlegte ich noch angestrengter, wie ich ihn vernichten konnte. Es wurde Zeit, dass ich den Plan meiner Abrechnung mit ihm endlich startete. Aber ich musste es mir leider noch immer schmachvoll eingestehen, dass ich tief im Inneren bisher nicht sicher war, ihn wirklich zu vernichten. Es war ein ständigen Auf und Ab meiner Gefühle. Bisher hatte ich noch immer eine gewisse Hemmschwelle, so brutal gegen ihn vorzugehen. Aber jetzt, nachdem ich mich erneut gedanklich so richtig aufgegeilt hatte, war mir nun endlich definitiv klar, ja, doch – ich wollte, nein ich musste ihn fertig machen, und zwar fix und fertig!

Mein Kopf begann zu arbeiten und ich musste immer wieder innehalten, da mir meine sich ständig steigernde Wut fast die Luft zum Atmen nahm. Je mehr ich schrieb, umso schlechter erging es mir dabei. Meine Abscheu und meine Enttäuschung über diesen Hundesohn schaukelten sich hoch. So kannte ich mich gar nicht. Wieder überschlugen sich meine negativen Gefühle.

Ich spürte, dass ich immer hektischer und krampfhaft angespannter wurde. Alles was ich über meine Tastatur in den PC eingab, ergab keinen Sinn. Es waren nur Worte voller Tippfehler und die Sätze waren gespickt von unzusammenhängenden Beschimpfungen, Schmähungen, Angriffen und dergleichen. Nein, so konnte ich das nicht ausführen.

Endlich gelang es mir wieder einen einigermaßen klaren Kopf zu bekommen. Ja, meine Gedanken liefen nun wieder in geregelten Bahnen. So konnte ich langsam meinen Plan konkretisieren, ohne, dass mir der Hass die Sinne vernebelte. Ja, er war gut, sehr gut sogar. Genüsslich rieb ich mir die Hände! Eigentlich hätte ich noch einen kleinen Cognac verdient, denn mein ausgedachter Schlachtplan war wirklich brillant!

Ich begann so, wie ich es ein paar Seiten zuvor bereits in Erwägung gezogen hatte. Zuerst eröffnete ich ein neues Dokument, kopierte das Foto des besten Stückes meines Freundes, dekoriert mit dem roten Schleifchen, auf diese neue jungfräuliche Seite. Wie bereits bei den anderen vorbereiteten Schreiben hatte ich auch hier alles auf „Entwurf" gestellt. Eventuell wollte ich noch mal etwas korrigieren oder am Text und meiner Ausdrucksweise feilen. Da war ein Entwurf genau das richtige.

Ein wesentlicher und sehr wichtiger Teil meines Planes war folgender: Ich wollte diese Mail mit dem heiklen Foto von Svens bestem Stück erst kurz vor seiner Rückkehr zu mir nach Hause von dem fiktiven Account „Frau Liebes Täubchen" an ihn schicken. So war ich dessen gewiss, dass er nicht schon unterwegs diese Mail per Handy checken konnte.

Außerdem wollte ich unbedingt anwesend sein und es hautnah miterleben, wenn er den Eingang der Mail mit dem Foto in seinem Postfach vorfinden würde. Auch da hatte ich wieder Glück für das Gelingen meines Planes. Schon seit Jahren war es ihm zu einer lieben Gewohnheit geworden, immer kurz vor seiner Rückkehr mir eine SMS zu schicken, mit dem ständig gleichen einfallslosen Inhalt: „Täubchen, ich und mein bester Freund freuen sich auf dich. Wärme schon mal dich und unser Bettchen für uns an!" Und ich dumme Pute hatte mich in all den vergangenen Jahren immer so sehr auf diese SMS gefreut und mich und das Schlafzimmer mit Sekt, gedämmter Beleuchtung und Kerzenlicht für seinen Empfang vorbereitet. Mich schauderte, wenn ich daran dachte, dass ich mich sogar für ihn zum Empfang mit kleinen Dessous präpariert hatte, obwohl ich mir immer so lächerlich darin vorkam. Da ich nicht so sehr schlank war, gefiel ich mir überhaupt nicht in diesen neckischen Fummeln und den halterlosen schwarzen Strümpfen. Ich fand mich peinlich, viel zu dick und zu moppelig für solche Dinge.

Generell war ich in dieser Sache, was mein Gewicht betraf, mein größter Feind. Jahrelang hatte ich beim Sex meinen Bauch eingezogen, nur damit ich schlanker erschien. Aber Sven zu liebe zwängte ich mich in diese Wäsche, obwohl ich mich so absurd darin fühlte. Sven war immer hin und weg, wenn ich so sexy verpackt bereits an der Wohnungstür stand. Aber ich fühlte mich niemals wohl in solchen Situationen.

Wenn ich so mein Leben Revue passieren ließ, so musste ich feststellen, dass keiner meiner Lover sich jemals an meinem Speck gestört hatte. Nur ich schrieb alle Fehlschläge in den Beziehungen meinem Gewicht zu. Wie töricht von mir! Schließlich war ich ja keine Frau mit Kleidergröße 50 oder mehr, nein, aber grazil war ich auch nicht. Als ich diese schlanken Tussis auf den Fotos sah, fühlte ich mich aufgrund der immerwährenden Verleumdungen meiner Person schlagartig wieder fett und minderwertig. Mir liefen schon wieder die Tränen runter, da sich das mir so bekannte Gefühl von unzureichendem Wert als Frau und Mensch sofort bei diesen Gedanken einstellte. Ob ich das jemals in den Griff bekommen würde, mich so anzunehmen wie ich nun einmal war?

Um dieses beschissene Gefühl der Minderwertigkeit zu lindern, gönnte ich mir noch ein Gläschen Cognac. Mittlerweile war es Mittag und ich merkte, dass der Alkohol tröstend auf mich wirkte. Eigentlich hatte sich die Situation kein bisschen verbessert, aber der Alkohol legte seinen großen Mantel des Vergessens still und behutsam über alle Schmerzen meines Daseins. Aufgrund dessen war ich wieder guter Dinge, zwar etwas benebelt, aber wenigstens nicht mehr so unglücklich wie bisher. Ich fühlte mich gut und frohgemut. Wie so ein guter Tropfen doch heilsam für die Seele eines Menschen sein konnte und wie er den Menschen, trotz nagendem Kummer, locker und leichter leben lässt! In diesem Moment konnte ich Menschen verstehen, die ihr Heil im Alkohol suchten. Ich wusste schon, dass es nur ein kleiner Schritt vom Genuss des Alkohols zur Abhängigkeit sein kann. Aber mir sollte es auf keinen Fall so ergehen, das war mir der Kerl wirklich nicht wert. Nein, Alkohol ist auf Dauer nicht die Lösung eines Problems und auch ganz bestimmt nicht für meines!

Ich rief ich mich gedanklich wieder zurück und überlegte mir, wie der Text meiner Hass Attacken für Sven werden sollten. Aber nichts fiel mir ein. Ich grübelte. Welche gut formulierten Worte konnten dieses markante Foto noch passend untermalen? Wieder lachte mich die Cognacflasche an. Noch einmal würde ich mir ein Gläschen davon gönnen, nur noch das eine mal.

Nach dem dritten Glas Cognac hatte ich dann endlich meine beste Idee und ich begann zu schreiben – erst langsam und unsicher, mit noch zögerlichen Fingern. Dann wurde ich immer besser in meinen Formulierungen. Hier und da feilte ich noch an dem einen oder anderen Wort, verbesserte einige Tippfehler und trotz meines etwas vom Alkohol benebelten Geistes erkannte ich, dass meine Vorgehensweise gut war.

Ich überflog, was ich bisher geschrieben hatte.

„Lieber Sven,

Sie kennen mich nicht, aber ich darf Sie sicherlich so legere ansprechen. Haben Sie schon das Foto in der Anlage gesehen? Kommt Ihnen dieser Lustlümmel mit der roten Schleife bekannt vor? Laut meinen Informationen gehört dieser prächtige Schwengel Ihnen!

Wussten Sie eigentlich, dass man Sie unter Ihren Bräuten auch „als den Hengst der Pharma-Branche" tituliert? Sie sollten auch wissen, dass dieses Foto mit Ihrem Schwanz in allen Accounts in unserem Bekanntenkreis herumgeistert und ständig an Freunde weiter geleitet wird.

Diese originelle Weihnachtskarte, mit Ihrem Prachtstück der Männlichkeit darauf, ist schon bei Facebook gepostet und wird bereits bei WhatsApp in Form eines Kettenbriefes verschickt. Wundern Sie sich also nicht, wenn dieses Foto eines Tages bei Ihnen auf dem Smartphone landet oder bei YouTube zu bewundern sein wird.

Ja, wie kam es dazu?

Es begann damit, dass eine gute Freundin von mir dieses Objekt der Begierde verschickte, verbunden mit der Erklärung, dass niemand außer ihr so eine tolle und sexy Weihnachtskarte bekommen hätte!

Das ist ja auch ein prächtiges Teil, das Sie da mit der roten Schleife präsentieren! Aber ich denke die Tatsache, dass halb Deutschland nun Ihren Schwanz kennt, wird für Sie bestimmt nicht gar so lustig sein, oder?

Trotzdem, es war eine nette Idee von Ihnen, solch spezielle Weihnachtsgrüße zu versenden! Und noch einmal: Herzlichen Glückwunsch zu diesem enormen Schwanz, den Sie zwischen den Beinen tragen! Sicherlich haben Sie damit schon viele Frauen beglückt.

Ich wünsche Ihnen noch einen schönen Tag!

Ihr Liebes Täubchen – aus Gailenbach

Klasse! Für was das so oft geschmähte Internet doch gut sein konnte! Das war vollendet und mir ging es wunderbar! Ich war selig, zwar etwas angezwitschert, aber tierisch stolz auf mich! Kein bisschen Wut war in meinem Bauch mehr zu finden. Dafür umso mehr von dem ausgezeichneten Cognac. Ich fühlte ein ganz wunderbares wohliges Gefühl in mir. Mir ging es gut, der Cognac wirkte. Es war mittlerweile mein viertes Glas und ich wollte mir nur noch ein ganz kleines Schlückchen von diesem köstlichen Tropfen gönnen. Meine moralischen Ansichten über Alkohol von ein paar Stunden zuvor waren mir momentan schlicht weg egal. Was ging mich mein Geschwätz von vorhin an.

Zufrieden sinnierte ich so vor mich hin. Tja, wie wird sich mein Freund wohl verhalten, wenn er diese Mail von „Liebes Täubchen" lesen wird? Welchem seiner geilen Weiber würde er solch eine Tat zutrauen? Wer käme von all seinen Grazien dafür infrage? Welche könnte es gewesen sein, die angeblich seinen Prachtschwanz mit Schleifchen an alle Freunde und Bekannte verschickt hatte? Schließlich war dieses Foto ja ein Weihnachtsgruß an alle seine vier „Geliebten Täubchen". Ich konnte mir lebhaft vorstellen, dass er nach dieser Mail bestimmt an einer „akuten Tauben-Allergie" leiden würde!

Ach ja, dann wollte ich mir diese Franka mit ihrem unruhigen Unterleib noch mal vornehmen. Der wollte ich besonders eine reinwürgen, die hatte ich wirklich – mehr als die anderen – auf dem Kieker. Aber wie? Was sollte ich tun? An diesem Tag fiel mir dazu nichts mehr ein. „Nur die Ruhe Maika", sagte ich mir: „Rom ist auch nicht an einem Tag erbaut worden." Mittlerweile war es 13 Uhr und ich war gelinde gesagt von den diversen Cognacs auf den nüchternen Magen mehr als angedudelt. Erschöpft von meiner bisherigen geistigen Schaffenskraft legte ich mich schlafen und erwachte erst am späten Abend.

Sofort verspürte ich grandiose Kopfschmerzen vom Alkohol und sogleich war der ganze Katzenjammer wieder da. Nein, heute wollte ich nicht mehr leiden. Heute wollte ich, dass es mir nur gut ging. Also holte ich mir die Cognacflasche ans Bett und genehmigte mir noch zwei kleine Gläschen von diesem köstlichen Nass. Dann war die Flasche leer und ich schlief erneut ein, von wilden Träumen geplagt.

Am nächsten Morgen erwachte ich mit einer schrecklichen Übelkeit und wieder mit fürchterlichen Kopfschmerzen. Diese diversen „Schlückchen", die ich mir im Laufe des gestrigen Tages hinter die Binde gegossen hatte, waren nicht von schlechten Eltern gewesen. Hinzu kam noch, dass ich auch den ganzen Tag über nichts gegessen hatte. Also musste ich mich noch einmal krankmelden. Ich log ja nicht, mir war wirklich so schlecht! Und diese schrecklichen Kopfschmerzen, die ich hatte und diese unangenehme Übelkeit! Mein Chef meinte, dass momentan eine Magen- und Darmgrippe grassieren würde und ich Arme hätte dieses Virus wohl abbekommen.

Ja, so wird es wohl sein! Ich ließ ihn in dem Glauben.

Nun war also heute schon Dienstag und ich hatte noch immer keine Idee, wie ich dieser Franka-Schlampe eines reinwürgen konnte. Aber wie so oft kam mir der Zufall zu

Hilfe! Aus unerfindlichen Gründen wollte mein Freund bereits an diesem Abend nach Hause kommen, nicht erst am Freitag, so wie es geplant war. Als er mich anrief, sagte er mir mit leidender Stimme, dass es ihm nicht so gut ging, ihm sei es sehr übel. Das konnte ich gut nachvollziehen, denn mir war es ja auch so schlecht. Aber bestimmt aus anderen Gründen, als es bei ihm der Fall war. Er bedauerte mich am Telefon sehr und meinte, wir sollten uns doch wieder vertragen. Großzügig, überaus großzügig willigte ich ein. Ich fand es sehr bemerkenswert, dass ich mich ihm gegenüber so edelmütig verhalten konnte. Er sollte sich ja schließlich in Sicherheit wiegen!

Ein paar Minuten bevor Sven nach Hause kam, schickte ich diese von mir fingierte berühmt berüchtigte Mail von: „Liebes Täubchen aus Gailenbach", an ihn ab, an den Sven Krautmüller, den Hengst der Pharmabranche! Wieder klopfte mein Herz zum Zerspringen, jetzt waren die Würfel gefallen! Ich konnte die Lawine nicht mehr aufhalten!

Plötzlich schossen mir ganz neue Gedanken durch den Kopf. Zweifel stiegen in mir auf – war es richtig, was ich da gemacht hatte? Vielleicht war das doch alles ganz anders, als es aussah? Aber nein, wie blöd war ich denn bloß geworden? Hatte ich mir in den vergangenen Tagen meinen Verstand versoffen? Natürlich war es so, wie es aussah! Das war wieder typisch für mich. So erging es mir in meinem bisherigen Leben sehr oft. Ich war generell zu feige und nie bereit, eine unangenehme Situation zu meinen Gunsten durchzufechten. Immer hatte ich Angst vor einer Eskalation. Diese Harmoniesucht in mir war schon nicht mehr normal. In meinem ganzen Leben hatte ich es immer vermieden, meine eigenen Interessen gegen andere durchzusetzen und mich zu wehren. Ich hatte eine sehr schöne Kindheit, aber schon damals hatte man mir beigebracht, immer schön lieb und artig zu sein. Mich zu fügen und nicht zu widersprechen. Eigentlich war ich wie ein wohlerzogenes, handzahmes Hundchen, das man an der Leine hielt. Während meiner Kindheit war es das Bestreben meiner Mutter, dass sie ein liebes Kind hatte, das sie vorzeigen konnte. Sie wollte immer die gute Mutti sein, die ein anständiges und artiges Kind an der Hand hielt. Aber ich war nie so gestrickt, wie man es von mir verlangte. In meinem Inneren war ich schon als Kleinkind eigensinnig, aber das wurde liebevoll und erfolgreich unterdrückt. Lange Jahre hatte ich mit diesen Erziehungsfolgen zu kämpfen und habe sehr darunter gelitten, dass ich so angepasst und schwach war. Heute habe ich meinen Frieden mit Mama gemacht, denn ich habe mittlerweile erkannt, dass sie sich zu dem damaligen Zeitpunkt nicht anders verhalten konnte, denn auch sie war das Produkt ihrer Kindheit.

Aber trotz dieser Erkenntnis machte es mir meine Harmoniesucht schwer, mich gegen dominante Menschen zu behaupten. Man hatte es mich nie gelehrt, aufzubegehren und meine Wünsche durchzusetzen und Eigenliebe zu praktizieren. Mein ganzes Leben war ich immer nur lieb, lieb, viel zu lieb und anpassungsfähig.

Vor vielen Jahren arbeitete ich etliche Jahre in einer Steuerkanzlei. Wir verdienten wenig. Es herrschte eine strenge Hand des Chefs und wir mussten richtig viel und hart arbeiten. Nach langem Ringen mit mir und meinem Inneren fragte ich eines Tages meinen Chef nach einer Gehaltserhöhung. Seine Antwort darauf war für mich so niederschmetternd, dass ich lange daran zu knabbern hatte. Er ließ mich wissen, dass ich sehr schlecht arbeiten würde und von daher käme eine Gehaltserhöhung nicht infrage. Aber da ich so sehr lieb wäre, würde er über meine schlechte Arbeitsleistung hinweg sehen und an meinem Arbeitsvertrag festhalten. Ich stand damals mit hängenden Schultern vor ihm und war nicht in der Lage, etwas darauf zu entgegnen. Noch heute fühlte ich dieses beschämende Gefühl in mir. Als ob dieser berechnende Typ mich dafür bezahlt hätte, dass ich nur lieb war. Er wollte mich klein halten, damit ich die Ablehnung der Gehaltserhöhung akzeptierte. Dieser Mann hatte die Problematik meiner Person schnell durchschaut und meine Schwäche schamlos ausgenutzt. Damals hätte ich mich umdrehen und die Kanzlei verlassen sollen. Aber ich war wie immer zu feige dazu. Noch heute wurmt es mich, dass ich mich so habe behandeln lassen. Allerdings hatte ich nach vielen Jahren die Genugtuung, dass aufgrund der harten Schule, die in dieser Kanzlei herrschte, ich so viel für mein weiteres Leben gelernt hatte, so sehr viel, dass ich beruflich andere und besser Wege gehen konnte. Auch, wenn das erst Jahre später zum Tragen kam. Und eines weiß ich genau, wenn mein früherer Chef wüsste, dass ich mich aufgrund seines Drills beruflich so gut entwickeln und verbessern konnte, würde er sich vor Missgunst und Neid im Grabe umdrehen.

So oder ähnlich erging es mir mein Leben lang. Aufgrund meiner Minderwertigkeitsgefühle stand ich einer positiven Entwicklung meiner Person ständig im Wege. Auch in jeder Beziehung war ich aus Unterwürfigkeit nur die Gebende. Alle meine Kerle nahmen nur von mir und nun kam es auch wieder mit Sven zum Vorschein. Wenn ich ehrlich zu mir war, so hätte ich es bemerken müssen, dass etwas an unserer Beziehung krankte. Aber statt ihm die Stirn zu bieten, versuchte ich alles, nur um ihm weiterhin zu gefallen. Ich war in dieser Sache so blond im Kopf und im Herzen, dass ich das nicht erkannte. Aber vielleicht hatte ich es auch nicht sehen wollen, denn dann hätte ich ja etwas an unserer gemeinsamen Situation verändern müssen. Lieber verschloss ich meine Augen vor jeglicher Realität und litt still weiter, denn das war ein Gefühl, das ich kannte, das verunsicherte mich nicht. Aber eine Trennung zu vollziehen, in eine für mich ungewisse Zukunft zu gehen, das hätte ich mich vor geraumer Zeit nicht getraut. Ich hatte mein Leben lang Angst davor gehabt, neue unbekannte Wege zu wählen. Noch heute wundere ich mich darüber, dass ich damals so Hals über Kopf zu Sven nach Hamburg gezogen war.

Aber in der jetzigen Sachlage ließ ich es endlich nicht mehr zu, mich von Sven weiterhin verletzen zu lassen. Es schien, als ob ich in den vergangenen Stunden und Tage gereift wäre. Nun war an der Zeit, ihm die Zähne zu zeigen und ihm Grenzen zu setzen. Ich war im Recht! Es stand mir zu, mich gegen Sven zu wehren. Alles war genau richtig, so, wie ich es gehandhabt hatte, alles! Er war der Schuft! Nur er alleine und das wollte und durfte ich nicht verdrängen.

Wütend schüttelte ich meinen Kopf über meine blöden Zweifel, so, als ob ich all diese Gedanken aus meinem Hirn herausschleudern wollte. Langsam gelang es mir, meine Unsicherheiten und Bedenken in den Griff zu bekommen und meine Gedanken verliefen wieder in geordneten Bahnen. Um einen Rückzieher zu machen, war es nun sowieso zu spät.

Ich atmete tief ein. Es musste mir doch endlich mal gelingen, erwachsen zu werden und für mich zu sorgen, nicht immer nur für die anderen. Jetzt war ich an der Reihe, nur ich. Mir sollte es diesmal gut gehen, ich musste das endlich lernen! Ich wollte und musste Eigenliebe praktizieren! Nur ich war wichtig! Und Sven, der würde mich endlich kennenlernen, denn Rache ist süß! Diese auf aufputschende Worte, die ich für mich hatte, erzeugten in mir langsam aber sicher ein neues, sehr erhabenes Gefühl. Sie ließen sogar meine Kopfschmerzen verschwin-

den. Es war, als hätte ich mich einer Gehirnwäsche unter-
zogen. Mein Kopf wurde wieder klar, gut durchblutet und
ich war darauf gewappnet, was ich zuvor ins Rollen gebracht hatte.

Nach ein paar Minuten kam Sven nach Hause. Er sah
wirklich sehr schlecht aus. Ich aber auch. Wir bedauer-
ten uns gegenseitig und legten uns auf die Couch. Jeder
hatte eine Seite des Sofas nur für sich. Kein Gekuschel
zu zweit – nichts – schließlich waren wir ja beide krank.
So litt jeder still vor sich hin.

Gegen 22 Uhr erhob sich Sven und suchte sein Smartphone. Er konnte es nicht finden! Ziemlich aufgeregt und
besorgt ging er noch mal zu seinem Auto, aber das Teil
war und blieb verschwunden. Hektisch durchstöberte er
seine Kleidung, seine Aktentasche, seinen Mantel, aber er
fand das Telefon nicht.

Aber ich fand es! Es war ihm aus der Hosentasche ge-
rutscht und lag nun im Zwischenraum der beiden Couch-
seiten. Genüsslich beobachtete ich seine aufsteigende
Panik, denn von meinem Platz aus konnte ich das gesuchte
Objekt sehr gut sehen. Heimlich nahm ich das verräterische Teil an mich und verschwand damit auf der Toilette.
Da hatten wohl erneut meine hilfreichen Engelchen ihre
Hände im Spiel gehabt. Denn mein Sven hatte schon viele
Dinge schlampig verlegt. Besonders Schlüssel und Geld-
börsen fielen seiner Nachlässigkeit zum Opfer und wurden meistens nicht mehr gefunden, aber sein heiliges

Handy, das trug er immer bewusst fürsorglich bei sich. Es lag sogar in der Nacht auf seinem Nachttisch.

Was ich aber dann auf der Toilette sitzend, in diesem Handy alles fand, das hätte ich besser nicht gesehen. Aber jetzt musste ich durch – egal, es war ja sowieso alles vorüber und vorbei, jetzt ging es nur noch darum, ihn zu vernichten. Keine Frage wer dieses Match gewinnen würde – das war natürlich ich! Mittlerweile zweifelte ich keine Sekunde mehr an mir! Nike, die Siegesgöttin aus der griechischen Mythologie, wäre stolz auf mich gewesen! Als ich den Inhalt dieses Mobiltelefons unter der Rubrik „Dateien privat" sah, diese allesamt sehr aussagefähigen Fotos, da wusste ich auf Anhieb, warum Sven im Urlaub immer nachts mit dem Handy auf der Toilette saß und viele, der angeblich überaus dringenden SMSen beantworten musste, die geschäftlicher Natur und daher so sehr wichtig waren. Er tönte immer damit, dass er diese Sitzungen auf dem Klo nur aus Rücksicht auf meinen Schlaf abhielt. Der Scheißkerl hatte sich regelmäßig auf der Toilette sitzend, an den Fotos dieser Tussen aufgegeilt. Er hatte von all diesen Frauen diverse Nacktfotos auf dem Handy! Ich fragte mich kopfschüttelnd, wie versaut war Sven eigentlich, war er denn wirklich so schwanzgesteuert? Setzte sein Verstand völlig aus, wenn es um Frauen ging, so wie hier um diverse nackte und leicht bekleidete Flittchen, deren Fotos in den meisten Fällen pornografischer Natur waren. Anscheinend beherrschten nur diese Gedanken seine Welt!

Aufgrund dieser Tatsache konnte ich es sehr gut nachvollziehen, dass er wie von Sinnen sein Handy suchte.
Aber er konnte ja völlig beruhigt sein – bei mir war es in
guten Händen, in den BESTEN! Schwer atmend betrachtete ich mir die Fotos von allen Frauen ganz genau. Die
eine Abbildung zeigte eine seiner Tussen in einer nach
vorne gebückter Haltung und war von hinten fotografiert.
Man sah genau die Stelle, mit der sich Männerfantasien
wohl am meisten beschäftigen. Dann entdeckte ich ein
Foto, da hatte sich Sven mit einem seiner Flittchen beim
Sex fotografiert – ich musste würgen. Was mir da prä-
sentiert wurde, war überaus deutlich zu erkennen. Das
schien wohl Frankalein zu sein, sie war wohl immer besonders freizügig und ich dachte bei mir: „Na warte, du Luder, das zahle ich dir heim!"

Von einem weiteren Betthäschen waren die übermäch-
tigen dicken Brüste in einen kleinen Büstenhalter ge-
zwängt. Die anderen Fotos zeigten eine Krankenschwester unten ohne, die vierte war das Bunny-Häschen mit
sehr wenig am Leib. Auf dem anderen Foto sah ich sein
bestes Stück zwischen den dicken Brüsten einer weiteren
Blondine - wie eklig das alles für mich war, aber ich wollte
es ja so. Ein weiteres Bild präsentierte eine Frau, wie sie
es sich selbst besorgte. Es tat mir so weh, das alles zu
sehen.

Sicherlich tat es mir deshalb so weh, da ich mir an meinen fünf Fingern abzählen konnte, dass er sicherlich auch

mit diesen Weibern genau die gleichen lustvollen Spielchen spielte, mit denen er mich immer verwöhnt hatte. Es verletzte mich so, dass ich in all den Jahren für ihn nichts Besonderes war, nein, dass ich eingereiht war in die Riege seiner Geilheiten. Mir musste klar werden, dass Sven in all den Jahren sehr animalisch gelebt hatte. Er hatte diese schrankenlose Lust am Sex immer ungehindert ausgelebt. Ich fragte mich nur, ob er denn niemals Liebe zu einer Frau verspürt hatte? Niemals das Gefühl erlebte, sich zu einem Menschen zugehörig zu fühlen? Diese nackte und unschöne Wahrheit, tja, mit der musste ich nun leben!

Bei dieser Gelegenheit fällt mir gerade ein, dass mein Sven ein eigenes Postfach besaß. Es hatte Monate gedauert, bis ich das überhaupt bemerkt hatte. Er sagte mir immer, dass seine private Post an seine Geschäftsadresse ginge, das sei einfacher für ihn. Auch das glaubte ich ihm, wie alles, was er mir erzählte. Aber warum auch nicht? Mein Gott war ich in all den Jahren blöd, dumm und blauäugig gewesen. Ich war auch in meinem bisherigen Leben so eine Verlogenheit gar nicht gewohnt, ich kannte das nicht. Durch Zufall fand ich eines Tages seinen Postfachschlüssel. Als ich deshalb nachfragte, bekam ich einen Anpfiff, ich sollte ihn gefälligst nicht kontrollieren! Mistkerl, schon damals fing er an mich zu belügen und betrügen. Ich möchte nicht wissen, was ich in diesem Postfach so alles hätte finden können!

Kommen wir wieder zurück zum Sachverhalt meiner Geschichte. Nachdem ich mich von dem Schreck dieser fotografischen Darbietungen erholt hatte, verließ ich die Toilette und verstecke das Handy. Mein Svenilein war mittlerweile auf Hochtouren. Er meinte aufgeregt, eigentlich am Rande eines Nervenzusammenbruches, dass all seine „wichtigen geschäftlichen Dinge" in diesem Telefon abgespeichert seien und wenn diese sensiblen Daten fremden Menschen in die Hände fallen würden - es wäre nicht auszudenken. Die Folgen wären verheerend für ihn! Diese Bedenken glaubte ich ihm aufs Wort, so sah ich das auch!

Aber er brauchte sich da ja keine Sorgen zu machen, denn bei mir waren all diese Geheimnisse sehr gut und besonders diskret aufgehoben. Heimlich stellte ich schnell sein Smartphone auf „stummen Empfang", nicht dass jemand anrufen und er somit bemerken würde, dass ich im Besitz dieses Teils war.

Endlich gab er die Sucherei genervt auf und ich bot ihm großzügig an, dass ich von meinem Handy aus sein Mobiltelefon sperren lassen könnte. Diesen Vorschlag nahm er dankend an. Ich wählte irgendeine fiktive Nummer, die es nicht gab, und „besprach" mit der Dame (welcher Dame?) am anderen Ende der Leitung, das Problem, dass das Telefon von Herrn Sven Krautmüller Tel.-Nr. XXX5858 44 66XXX verloren gegangen sei und so weiter und so fort und, dass man diesen Anschluss bitte sperren sollte. Dann legte ich auf und lächelte meinen Freund liebevoll an: „Schatz, das ist erledigt, dein Telefon ist gesperrt – du kannst beruhigt sein!" „Hi hi hi du Trottel, wenn du wüsstest" dachte ich so bei mir.

Sichtlich erleichtert holte er sich ein Bier aus dem Kühlschrank und trank es auf ex aus – ja Angst macht durstig. Fix und fertig mit sich und der Welt wollte er nur noch ins Bett, es ginge ihm ja so schlecht. Ich stimmte ihm zu, ging ins Bad, machte mich fertig und legte mich neben ihn. Nur, ich schlief nicht ein, er aber schon, und zwar sofort.

Leise stand ich auf, nahm Svens Handy aus dem Versteck und ging wieder zur Toilette. Lange musste ich nachdenken, was ich nun tun sollte und hatte mir auf dem Klo schon einen kalten Hintern geholt. Endlich war ich zu einem weiteren Vorgehen bereit und hatte eine klasse Idee. Mit klammen Fingern schrieb ich der kleinen Franka-Schlampe in Svens Namen den folgenden Text:

„Ach Täubchen,

ich habe solche Sehnsucht nach dir, kannst du mich vielleicht in Hamburg besuchen? Ich bin so schwer erkrankt und würde so gerne deine kühlen Hände auf meiner heißen Stirn und auch woanders fühlen!

Dein Sven! Tausend Küsse".

Da kam mir wieder zugute, dass ich ja die üblichen Floskeln kannte, die unser gemeinsamer Lover generell nach jeder SMS an mich schrieb. Sicherlich gab es auch in dieser Sache keinen Unterschied zu den Geliebten. So kreativ war er nun auch wieder nicht. Sven hatte sich für dieses allseits übliche Schluss-Blabla an seine vielen Weiber hundertprozentig auch da einen Textbaustein eingerichtet. Dann wählte ich die Nummer von Frankalein – ich konnte dieses Weib einfach nicht ausstehen und drückte auf „senden". Mir war es ziemlich egal, dass es bereits mitten in der Nacht war. Es dauerte keine fünf Minuten, ich saß noch immer wartend auf der Toilette, da hatte Franka schon geantwortet. Na, wusste ich es doch, dass sie da anbeißen würde!

„Ach mein Liebling,

danke für die Einladung, ich könnte es mir morgen so gegen 15 Uhr sehr gut einrichten. Ich fahre rechtzeitig in Frankfurt los und kann dann um diese Zeit in Hamburg sein.

Wenn ich deine Zeilen lese, wird es mir heiß zwischen den Schenkeln. Wenn ich jetzt an dich denke, bekomme ich schon einen Orgasmus!

Ich werde dich pflegen und hegen. Ich bringe auch unseren Lieblingswein mit. Schicke mir bitte deine Adresse – ich liebe dich – ich sehne mich….."

Es folgte ein ach so wirrer und für mich eklig eindeutig zweideutiger Text, in dem sie Svenilein mitteilte, welche Fasern ihres Körpers sich nach ihm sehnten. Angewidert dachte ich so bei mir: „Warte du Luder, diese Gedanken und der Orgasmus werden die spätestens morgen um 15 Uhr vergehen!"

Immer noch auf der Toilette sitzend, schickte ich mit einem immer kühler werdenden Hintern und einem anschwellenden Grollen im Bauch Franka die gewünschte Adresse ihres und meines Freundes und dann legte ich mich genüsslich neben Sven ins Bett. Triumphierend schaute ich zu ihm rüber und musste mir eingestehen, dass ich es kaum erwarten konnte, bis endlich der nächste Tag anbrechen und dann diese kleine Franka-Schnepfe vor unserer gemeinsamen Wohnungstüre stehen würde.

Vor Aufregung konnte ich nicht einschlafen. Es war schon fast 6 Uhr am Morgen. Etwas zerschlagen von den Aufregungen der vergangenen Tage stand ich am Fenster und schaute zum Himmel. So langsam fuhren die ersten Autos durch die Straßen. Der Mond schaute noch immer rund und prall auf diese Welt. Der Gute, was der alles schon im Laufe der Millionen Jahre auf dieser Erde gesehen hatte.

Der neue Morgen brach an, es versprach ein schöner kalter Wintertag zu werden. Na ja, warten wir es erst mal ab, wie schön er für mich und Sven und besonders für Franka werden würde. Mein Inneres prognostizierte mir keinen besonders guten Ausgang dieses neuen Tages.

Am späten Morgen ging es Sven noch nicht besser. Er hatte Fieber, aber seine Krankenschwester mit dem geistlosen Blick, dem debilen Gesicht, den kühlen Händen und dem heißen Unterleib stand ja schon in den Startlöchern!

Das wusste er in diesem Moment nur noch nicht. Als er aufstand, war er so zerschlagen wie ich. Mühsam konnte er eine Kleinigkeit frühstücken und ich war mehr als zuckersüß zu ihm. So bemerkte er an meinem Verhalten nicht, dass sich so langsam ein gewaltiges Gewitter zusammenbraute.

So um 12 Uhr checkte er endlich seine eingegangenen Mails und ich hielt mich demonstrativ lautstark beschäftigt in seiner Nähe auf, denn ich wollte den „AHA-EF-FEKT" nicht verpassen, wenn er das Foto seines besten Stückes in der Mail von „Liebes Täubchen aus Gailenbach" vorfinden würde.

In der nun kommenden Phase musste ich mich unbedingt äußerst geräuschvoll verhalten, damit er wusste, dass ich in seiner unmittelbaren Nähe verweilte. Zuerst wollte ich singen, aber das brachte ich aufgrund meiner Wut im Bauch doch nicht zustande.

Und es kam, wie es von mir geplant war. Meine körperliche Präsenz erhöhte den Druck, unter dem er von nun an stand. Schön! Wunderschön! Was nun folgte, das war ein wirklich gelungener Effekt! Kein „AHA-Effekt" – nein es war ein „KNALL-Effekt"!

Als er die Mail aus Gailenbach öffnete und er den Text des Begleitschreibens las, stutzte ungläubig und ich hatte das unbestimmte Gefühl, dass seine Atmung aussetzte. Man sah, dass seine Schultern starr und steif waren. Ich konnte vom Ende des Zimmers sehr deutlich auf dem Bildschirm seines PCs das Foto mit seinem besten Stück sehen. Er begriff nicht gleich, um was es sich dabei handelte. Es war seltsam, er brauchte diesmal erstaunlicherweise sehr lange, um zu begreifen, was sich da abspielte. Das war sonst gar nicht seine Art.

Aber dann hatte er es wohl kapiert. Sofort setzte bei ihm so eine Art Schnappatmung ein. Er wollte schnell und total überhastet diese verräterische Mail schließen, da er ja wusste, dass ich ihm im Nacken saß. Aber natürlich, wie das so ist, der PC hängte sich auf, als wollte er ihm den Genuss dieses Fotos noch etwas länger gönnen. Sein Account ließ sich partout nicht schließen – ach, es war so herrlich, das erleben zu dürfen!

Ich genoss seine verzweifelten Bemühungen dieses Bild von seinem PC verschwinden zu lassen. In seiner Ohnmacht drückte er schnell den Bildschirm unseres altmodischen Rechners aus. Er benahm sich wie ein Kind, das bei Gefahr einfach die Augen mit den kleinen Händchen verschließt. Ich konnte es kaum glauben, was ich da sah. Wie blöd war er denn? Er handelte so übergeschnappt chaotisch, dass ich lächeln musste. Aufgrund dieser Mail, mit dem aussagestarken Foto, musste so eine schreckliche Angst vor Entdeckung in ihm aufgestiegen sein, dass er hyperventilierte. Es war eine Angst, die wie ein Damoklesschwert über ihm kreiste und diese Angst hatte einen Namen, sie hieß Maika - und das war ich!

Ein Hoch der Technik! Es dauerte lange, bis er endlich das Programm abschließen konnte. Er musste während dieser Zeit Blut und Wasser geschwitzt haben, denn theoretisch hätte ich ja jederzeit zu ihm an den PC kommen können. Ich genoss diese subtile Situation sehr. Die Welt war momentan für mich nur als wunderschön zu bezeichnen. Kein Wölkchen trübte meine Hochstimmung!

Svenilein schwankte käseweiß, mit teilweise wunderschönen großen, roten, hektischen Flecken im Gesicht, kurz vorm Knockout stehend, angeschlagen zum Schrank, um sich einen Cognac einzugießen – aber da war nichts mehr! Die Flasche war leer, denn ich hatte ja einen Tag zuvor den Inhalt für mein Seelenheil genüsslich entsorgt.

Dezent hielt ich mich zurück.

Dann rannte er zur Toilette. „Hoffentlich musst du so richtig kotzen", dachte ich bissig bei mir. Nach einer gefühlten halben Stunde kam er wieder heraus, leichenblass mit zitternden Händen. Ich ging auf ihn zu und meinte voller Mitleid: „Ach du armer Kerl, dich hat es aber wirklich schlimm erwischt."

Wie wahr meine Worte doch waren. Ich strich ihm über die schweißnasse Stirn. Es war herrlich, mein Svenilein schwitzte, er schwitzte wegen mir, weil ich ihm eine reingewürgt hatte.

Aber es sollte noch besser kommen. Heute war der 20. Januar und ich bin sicher, dass Svenilein diesen Tag nie mehr vergessen wird. Mittlerweile war es ca. 14.30 Uhr und ich verschickte noch schnell von dem fingierten Account „Liebes Täubchen" aus die verräterischen und teilweise wirklich krassen Fotos incl. der Begleittexte der einzelnen Tussen an die Adressen der anderen Gespielinnen. Schade, dass ich die entgeisterten Gesichter dieser Frauen nicht sehen konnte, als sie diese E-Mails öffneten und mit dem Inhalt der Schreiben und den Fotos der anderen Frauen konfrontiert wurden. Gut durchdacht hatte ich extra zeitlich so lange mit dem Versand gewartet, dass ich sicher sein konnte, dass Frankalein ihre eingehenden Mails nicht noch vor oder während ihrer Reise checken konnte. Sonst hätte sie Svens Doppelleben mit den anderen diversen Weibern spitz gekriegt und die Bombe wäre eventuell zu früh geplatzt. Und ich hoffte inständig, dass sie vom Intellekt her zu beschränkt war, um die eingehende Mails vom Smartphone aus checken zu können. Für so clever hielt ich sie nun doch nicht.

Genüsslich dachte ich so bei mir, dass ich nicht wissen möchte, welch abartig böse Kommentare mein Svenilein in den Stunden danach von seinen Wochentags-Weibern bekam. Schade, dass ich diese nicht lesen durfte.

Endlich war es soweit, es war später Nachmittag. Frankalein war pünktlich. Sie klingelte stürmisch, wohl in freudiger Erwartung. Ich war zu dieser Zeit natürlich gerade auf der Toilette und konnte nicht öffnen. Dringende Geschäfte zwangen mich dazu, von der Wohnungstüre fernzubleiben und ich rief: „Svenilein, mach doch bitte mal die Türe auf".

Und Svenilein öffnete!

Vor ihm stand seine hirnlose, strohblonde, dumm strahlende Franka, die kleine Schlampe mit der geilen, freizügigen Muschi! Mit ihren tot gebleichten und zerrupften Haaren sah sie aus wie ein aufgeplatztes Sofakissen. Diese abartige Frisur unterstrich noch mehr ihren geistlosen Gesichtsausdruck. Ich hörte, wie sie mit ihrer blechernen Stimme frohlockte: „Überraschung! Ach, mein Liebling, freust du dich, dass ich da bin?"

Und Sven, nachdem er sich von dem ersten Schock erholt hatte, brüllte los: „Du blöde Kuh, was willst du hier? Spionierst du mir nach? Willst du mein Leben zerstören?" Franka Mäuschen schaute ihn begriffsstutzig an. Dieser tobende Kerl vor ihr konnte doch nicht der Mann sein, der sie über viele Wochen lang sexuell so beglückt hatte.

Und dann – Trommelwirbel – kam ich von der Toilette und gesellte mich völlig locker und gelöst zu ihnen. Nun waren wir zu dritt! Jeder, der beiden, schaute zuerst mich entgeistert an, dann Svenilein die Franka, weil sie so einfach bei ihm aufgetaucht war, dann Franka unseren gemeinsamen Lover, weil er sie so ungehobelt und beleidigend behandelt hatte. Sicherlich hatte sie eine andere Begrüßung von ihrem Hengst erwartet. Ich schaute mit meinem freundlichsten Lächeln beide provozierend an, in der freudigen Erwartung, was nun passieren würde. Mit großer innerer Befriedigung konnte ich gelassen feststellen, dass ich als Einzige von uns dreien cool geblieben bin. Die beiden anderen zeigten gravierend schwache Nerven! Besonders Sven!

Als ich mir Franka, mit ihrem doch sehr einfältigen, debilen Gesicht, in dem die grell pinkfarbenen Lippen und die schwarz bemalten Augen dominierten, etwas genauer ansah, dachte ich sofort an die dummen Blondinen Witze. Ich fand, sie war der Prototyp dafür. Innerlich stellte sich für mich die Frage, ob ihr Verstand auch so konfus und verfranzt war, wie ihre abartige Frisur.

Höflich bat ich Frankalein zu uns herein. Schließlich war sie unser Gast und ich fragte, ob ich ihr etwas anbieten dürfte. Das durfte ich natürlich nicht! Dafür sorgte Svenilein schon. Wenn Frankalein jemals geahnt hätte, wie hundsgemein und saugrob unser gemeinsamer Freund werden konnte, wenn man ihn reizte, dann hätte sie bestimmt die Finger von ihm gelassen!

Was passierte dann?

Unser gemeinsamer Lover Svenilein warf sie mit wüsten Beschimpfungen im hohen Bogen aus unserer Wohnung. Ich glaube Frankalein wusste nicht, dass sie auf den hohen Schuhchen, die sie zu diesem Liebes Besuch trug, so schnell rennen konnte. Ihre dünnen gesplissten wasserstoffblonden Härchen wehten in dem scharfen Wind, den Sven hinter ihr her schickte. Sie schwenkte ihre leicht krummen Beinchen und drehte dabei ihr Hinterteil unter dem super kurzen Röckchen in der Art, die mein Sven bestimmt in anderen Situationen so an ihr liebte. Sie rannte um ihr Leben! Begleitet von einem Repertoire an Schimpfworten, von denen ich bisher nicht wusste, dass diese mein Svenilein überhaupt kannte. Sie werden verstehen, dass ich diese hier nicht aufführen möchte.

Damit war die Episode Sveni und Frankalein beendet. Sicherlich später auch die Liebschaften mit den anderen Weibern. Aber natürlich auch die zwischen Sven und mir. Man sah, dass er begann über diesen Vorfall nachzudenken – und als er mein triumphierendes Gesicht sah, da wusste er, wo der Hund begraben lag.

Übrigens, sein teures Smartphone, das habe ich später genüsslich in der nächsten Mülltonne entsorgt. Es musste ihn viel Mühe und Aktivitäten gekostet haben, wieder alle Telefonkontakte, sicherlich auch die, die geschäftlicher Natur waren, auf seinem neuen Mobiltelefon zu verewigen.

Allerdings muss ich schon zugeben, dass ich zu diesem Zeitpunkt nicht gerade von mir behaupten konnte, dass ich das Gefühl meines Triumphes sehr ausgekostet hätte. Nein, ich fühlte mich schlagartig schlecht, leer und ausgepumpt. Alle Kraft war von mir gewichen und sie sollte auch lange nicht zurückkehren.

Ja, Svenilein, man sollte niemals andere Menschen unterschätzen!

Er war mehr als fassungslos, als er feststellen musste, wie clever seine Maika war!

„Und die Moral von der Geschicht-
blöde Frauen gibt es nicht!"

Noch heute frage ich mich, wie es kommen konnte, dass unsere Liebe, die so schön unter Palmen am Strand mit der Frage begann: **„Gehen wir zu dir oder zu mir…?"** so endete? Unsere Gefühle waren abgerutscht im Sumpf des Alltags, der es fast unmöglich macht, eine große Liebe am Leben zu erhalten.

Im Nachhinein denke ich mir, dass ich durch diesen Vorfall mit Sven lernen sollte, mich als Mensch zu achten. Ich erkannte durch ihn, dass ich mich mein ganzes Leben lang nie wertgeschätzt hatte. Deshalb mussten sich die Wege zwischen Sven und mir kreuzen. Durch ihn hatte ich diesen Lernprozess vollziehen müssen. Es war mir gelungen, nach all den vielen Jahren meiner Harmoniesucht den Sprung von einer unsicheren, angepassten Person zu einem selbstsicheren Menschen zu schaffen. Auch wenn diese Art und Weise des Lernprozesses wirklich nicht einfach war, so habe ich meine Lebensaufgabe bewältigt und kann endlich so leben, wie es meiner würdig ist. In Selbstliebe und in Ehrerweisung meines eigenen Ich's.

Dafür bin ich Sven heute dankbar!

Da fällt mir der alte Spruch meiner lieben Großmutter ein, die immer sagte:

Nichts ist im Leben so schlecht,

daß es nicht zu irgendetwas gut ist!

Ich hatte in meinem Leben
viele Probleme.
Die meisten davon sind
nie eingetreten.

Marco Polo

Spuren im Sand

Margaret Fishback Powers

Eines Nachts hatte ich einen Traum:
Ich ging am Meer entlang mit meinem Herrn.
Vor dem dunklen Nachthimmel erstrahlten,
Streiflichtern gleich, Bilder aus meinem Leben.

Und jedes Mal sah ich zwei Fußspuren im Sand,
meine eigenen und die meines Herrn.
Als das letzte Bild an meinen Augen vorübergezogen war,
blickte ich zurück. Ich erschrak, als ich entdeckte,
dass an vielen Stellen meines Lebensweges
nur eine Spur zu sehen war.

Und das waren gerade die schwersten Zeiten meines Lebens.
Besorgt fragte ich den Herrn:
"Herr, als ich anfing, dir nachzufolgen,
da hast du mir versprochen, auf allen Wegen bei mir zu sein.
Aber jetzt entdecke ich, dass in den schwersten Zeiten mei-
nes Lebens nur eine Spur im Sand zu sehen ist.
Warum hast du mich allein gelassen,
als ich dich am meisten brauchte?"

Da antwortete er: "Mein liebes Kind,
ich liebe dich und werde dich nie allein lassen,
erst recht nicht in Nöten und Schwierigkeiten.
Dort, wo du nur eine Spur gesehen hast,
da habe ich dich getragen."

Inga Anderson

arbeitet unter einem Pseudonym
und lebt in Süddeutschland

Weitere Publikationen:

„Mohn an meinen Wegen"

Erscheinungstermin: Oktober 2018

„Gehen wir zu dir
oder zu mir…?"
Band 2: Emotionen

Erscheinungstermin: November 2019

tredition-Verlag

Ich freue mich auf konstruktive
Kritiken und
Anregungen meiner Leserinnen
und Leser
zu meinen Büchern.

Danke und liebe Grüße
Inga

Meine E-Mail Adresse:

ingaanderson22013@gmail.com